Dirk Führmann
Holz für die Pinguine

Dirk Führmann

Holz für die Pinguine

Klima Roman

Inhalt

Leonhard..7
Cuxhaven...16
Bremerhaven...31
Auf dem Weg...41
Sturm..50
Äquator..55
Piraten..59
Südamerika...63
Antarktika..74
Heimreise...80
Karibik und Golfstrom...89
Neufundland und Grönland....................................93

Leonhard

Jeden Morgen, wenn mein Mobiltelefon, das mir auch als Wecker diente, meinen Schlaf beendete, fragte ich mich, ob ich mein Leben und meine Talente mit der Arbeit als Briefzusteller nicht vergeudete. Wieso hatte mich das Schicksal in diese deprimierende Lage gebracht?

Natürlich wusste ich es besser. Es war nicht das Schicksal. Wäre ich in meiner Kindheit und Jugend fleißiger und zielstrebiger gewesen, hätte mich mit meinen Hausaufgaben beschäftigt und fleißig gelernt, um das Abitur zu erlangen und zu studieren, dann hätte ich einen interessanten Beruf mit einem auskömmlichen Einkommen ergreifen können. Mit etwas Mut hätte ich eine Frau gefunden, die mich liebt und die ich liebe, und mit ihr eine Familie gegründet. Dann würde ich morgens gern aufstehen und mit meiner Frau und den Kindern frühstücken. Nach der Arbeit und der Schule würden wir uns, nach einem erfüllten und vielleicht anstrengenden Tag, wieder zufrieden in die Arme schließen. Wir würden uns über die Ereignisse des Tages austauschen, während wir das Essen für die Familie zubereiteten.

Nach dem Essen würden sich die Kinder mit ihren Freunden treffen oder auf ihre Zimmer gehen und sich mit ihren Hausaufgaben, Lesen oder Computerspielen beschäftigen. Ich könnte mir mit meiner Frau einen Film im Fernsehen anschauen, einen Cocktail auf der Terrasse mit Blick auf den eigenen schönen Garten nehmen oder meinen Hobbys nachgehen.

Stattdessen lebte ich in einer kleinen Mietwohnung, hatte weder Frau noch Freundin oder Kinder, fühlte mich als elender Versager und überlegte jeden Abend, auf welch phantasievolle Weise ich meinem missglückten Leben an irgendeinem runden Geburtstag ein Ende bereiten könnte.

„Michael Wagner, du bist in einer existenziellen Krise", sagte ich zu mir selbst. „Steh jetzt auf und mach das beste aus diesem Tag, der laut Vorhersage sonnig und heiß werden wird. Du bist erst achtunddreißig Jahre alt und kannst noch etwas aus deinem Leben machen."

Es war nicht nur Faulheit, die mich in der Schule versagen ließ und einen erfolgreichen Lebenslauf verhagelte, und ich war auch nicht dümmer als der Durchschnitt. Es waren diese verdammten seelischen Probleme, meine Komplexe in der Kindheit und die ständige Frage, warum ich anders war, als meine Mitschüler. Die schienen alle irgendwie normaler zu sein und machten nicht den Eindruck, als ob sie von Selbstzweifeln oder Depressionen geplagt würden. Oder sah ich es ihnen nur nicht an? Jedenfalls hatten sie meistens die besseren Zensuren und waren selbstbewusster, mutiger, frecher und lauter als ich. Wie konnte ich Spaß am Lernen oder zumindest die Fähigkeit zur Konzentration auf den Unterricht haben, wo ich permanent unter sozialen Ängsten und Unsicherheit litt? Für mich waren Lerninhalte des Schulunterrichts relativ unwichtig. Ich verwendet meine ganze Energie darauf, mich möglichst unauffällig zu verhalten, um nicht vom Lehrer etwas gefragt zu werden und mich dann vor der

Klasse zu blamieren. Denn für das Erledigen der Hausaufgaben und das Vorbereiten auf den Unterricht fehlten mir die Energie und die Motivation. Erst einmal ging es mir darum, mich von meinen psychischen Problemen zu befreien. Dann wäre ich willens und bereit gewesen, mich mit Themen wie Mathematik, Fremdsprachen oder Geschichte zu beschäftigen. Aber da Psychologie und buddhistische Entspannungsübungen nicht zum Lehrplan gehörten und kluge und verständnisvolle Pädagogen, die die seelischen Nöte von Schülern erkannten und Hilfe organisieren konnten, nur in Spielfilmen vorkamen, während viele reale Lehrer selbst eine Schraube locker hatten, nahmen die Dinge eben ihren Lauf. Sicher liegt es auch an den Eltern. Wenn die unsicher und wenig selbstbewusst sind, überträgt sich das natürlich auch auf ihre Kinder. Aber kann man ihnen daraus einen Vorwurf machen? Sie können schließlich auch nichts dafür, wie sie sind und ein Teil der Persönlichkeit ist auch angeboren.

Nach meiner Schicht war ich mit meinem Freund und Kollegen Leonhard im Café Cup Aroma am See im Stadtpark verabredet. Als ich das Café betrat und mich suchend umsah, erkannte ich ihn sofort an seinem heftigen Rudern mit den Armen. Er saß an einem der Zweiertische an der Fensterfront. Leonhard grinste, als ich näher kam. Wir begrüßten uns mit einem Händeschütteln und ich rang mir ein Lächeln ab.

„Prima siehst du aus, Leonhard! Die vier Wochen Urlaub haben dir gut getan. Du musst gleich mal erzählen, was du in der Zeit gemacht hast. Aber lass uns erst mal etwas bestellen. Ich habe Kaffeedurst und Appetit auf Kuchen."

Die Bedienung kam und nahm die Bestellung entgegen.

Leonhard konnte sich, wie meistens, einen kleinen Spruch nicht verkneifen.

„Sie sehen ja heute besonders bezaubernd aus, Nicole. Sind Sie etwa frisch verliebt?"

„Falsch geraten, Herr Bergmann. Frisch getrennt. Das kann ja manchmal auch glücklich machen. Ich kann euch die Schwarzwälderkirschtorte empfehlen. Da ist heute besonders viel Kirschwasser drin."

„Okay! Die nehme ich!", sagte Leonhard und ich schloss mich der Auswahl an. Er schaute dabei die Bedienung mit seinem typischen Flirtgesicht an und schien auf eine Reaktion zu warten, die aber ausblieb. Nicole brachte die Torten und die Tassen Milchkaffee.

„Lasst es euch schmecken!"

„Ich war mit einer Freundin am Bodensee", begann Leonhard zu erzählen.

„Wir waren in Konzerten, im Kino, Segeln, Wandern und sind jeden Abend essen gegangen. Es war ein sehr schöner Urlaub. Kennst du Katja schon?"

„Ja, du hast sie mir mal vorgestellt. Ein hübsches Mädchen. Seid ihr mittlerweile zusammen?"

„Ja, seit dem Urlaub. Ich bin total in sie verliebt und sie auch in mich. Ich glaube, das ist was Langfristiges."

„Ich freue mich für euch. Was hast du denn da für ein Päckchen bei dir, Leonhard?"

„Ein Geschenk für dich. Alles Gute zum Geburtstag, mein Freund!"

„Den hatte ich fast vergessen. Aber du hast recht. Heute ist mein neununddreißigster Geburtstag. Ich danke dir. Was ist es denn?"

„Es ist ein Buch über Achtsamkeitsmeditation, mein lieber Michael. Ich habe es mir auch gekauft, auf Empfehlung meines Hausarztes. Er meint, es würde gegen meinen hohen Blutdruck und den Stress helfen und er hatte recht.

Seitdem ich regelmäßig meine Übungen mache, bin ich viel gelassener und selbstbewusster, und schlafe auch viel besser. Ich war anfangs skeptisch, aber es funktioniert tatsächlich. Ein Beispiel. Schließe mal die Augen und atme bewusst vier Sekunden lang ein und dann sechs Sekunden lang aus. Das Ganze, mit Atempausen dazwischen, mehrmals hintereinander. Los, mach mal!

ein...ein…ein…ein…Pause....aus…aus…aus…aus...aus…
aus…Pause…Pause…Pause…Pause…ein…ein…ein…ein
…Pause…aus…aus…aus…aus…aus…aus…Pause…
Pause…Pause…Pause…ein…ein…ein…ein…Pause
aus…aus…aus…aus…aus…aus

„Du hast recht! Es wirkt schon. Vielleicht probiere ich es wirklich mal längere Zeit aus.“

„Das solltest du unbedingt tun. Ich glaube es funktioniert, weil es der Situation vor dem Einschlafen ähnelt. Aber da man dabei sitzt und nicht liegt, schläft man nicht so leicht ein. Vor dem Einschlafen muss man ja auch entspannt und ruhig werden, weil man sonst nicht schlafen könnte und die Gedanken, auch die belastenden, verschwinden aus dem Bewusstsein. Man sucht sich ein ruhiges Plätzchen und macht jeden Tag zehn Minuten oder länger diese Übung und nach ein paar Tagen oder Wochen stellt sich der Erfolg ein. Das macht man allein und wenn man Zeit und Lust dazu hat. Von irgendwelchen Gruppentherapien halte ich nichts.

Wollen wir ein Glas Sekt zur Feier des Tages trinken?“

„Lieber nicht. An meinem nächsten runden Geburtstag vielleicht. Heute ist mir nicht danach."

„Was hast du denn in der letzten Zeit gemacht, Michael? An irgendwelchen Projekten oder Ideen gefeilt oder bist du in einer schöpferischen Pause?"

„Ich habe da so einen Gedanken entwickelt, aber noch nichts Konkretes."

„Erzähl mal!"

„Na gut, wenn du möchtest. Du weißt doch, dass ich mich für das Thema Klimawandel interessiere und wie man die Treibhausgase, insbesondere das Kohlendioxid, wieder aus der Atmosphäre entfernen kann."

„Ja, natürlich."

„Ich habe mir überlegt, dass Bäume doch Kohlenstoff aus der Luft holen und in ihrem Holz speichern. Wenn man mehr Bäume pflanzt, kann man mehr Kohlendioxid aus der Atmosphäre entfernen.

Aber irgendwann ist nicht mehr genug Platz für neue Wälder und die bestehenden Wälder können nur eine begrenzte Menge Kohlenstoff binden. Eines Tages sterben die Bäume, verrotten und geben den gespeicherten Kohlenstoff wieder als CO_2 in die Luft ab. Dann können wieder neue Bäume an ihrer Stelle wachsen, aber die speichern auch nur so viel Kohlenstoff, wie ihre Vorgänger. Wenn man Bäume, bzw. Holz aus dem Wald holt, kann man damit langlebige Produkte herstellen, die auch Kohlenstoff aufbewahren und weil neue Bäume die gefällten Bäume ersetzen, wird so insgesamt mehr Kohlenstoff gebunden. Aber irgendwann ist auch der Bedarf an Häusern und anderen langlebigen Produkten aus Holz gedeckt."   „Ja, so ist das eben."

„Weißt du, welches einer der trockensten Ort auf der Welt ist, Leonhard?"

„Meine Kehle, am Morgen nach einer durchzechten Nacht oder die Sahara."

„Die Sahara ist natürlich auch trocken, aber noch trockener ist die Antarktis!"

„Der Südpol? Da gibt es doch jede Menge Eis und Schnee."

„Ja, aber kein flüssiges Wasser und zudem eine extrem geringe Luftfeuchtigkeit. Na gut, ein paar Schmelzwasserseen gibt es mittlerweile im antarktischen Sommer schon, genauso wie auf dem grönländischen Inlandeis. Und es gibt pro Jahr nur ein paar Zentimeter Niederschlag, und das ist kennzeichnend für eine Wüste. In dieser Trockenwüste finden praktisch keine Verwesungs- und Verrottungsprozesse statt. Deshalb meine Idee. In den Wäldern besteht immer die Gefahr von Bränden und auch Holzhäuser können ein Raub der Flammen werden, oder sie werden irgendwann abgerissen und das Holz landet in der Müllverbrennung und wird zu Strom oder Wärme. Wirklich sicher wäre das Holz, wenn man es zum Südpol brächte. Dort würde es Jahr für Jahr von mehr Schnee bedeckt werden und schließlich im Eis eingeschlossen sein. So wäre es für eine sehr lange Zeit sicher aufgehoben, vermutlich für tausende Jahre, falls das Eis nicht durch den Klimawandel schnell abschmilzt. Was hältst du davon?"

„Also, klingt ja ganz interessant. Holz für die Pinguine. Aber ich stelle mir die Umsetzung problematisch vor und ich weiß nicht, ob das der Gamechanger sein kann. Wie viel Holz kann man da hinbringen und lohnt sich der ganze Aufwand? Du musst ja auch Energie für den Transport aufbringen. Du weißt, dass ich deine Beschäftigung mit diesen Dingen gut finde, aber du hast bisher mit keiner deiner Ideen Erfolg gehabt. Das sind ganz nette Utopien, aber ich glaube nicht, dass so etwas in der Praxis funktioniert oder durchführbar ist."

„Wahrscheinlich hast du recht. Lass uns von etwas anderem reden. Wollen wir mal wieder an die Nord- oder Ostsee fahren? Ich habe Sehnsucht nach Küste, mit Sandstrand, Strandkorb, Meeresluft, Fischbrötchen und Bier. Du weißt schon." „Gute Idee! Kann ich Katja mitbringen?"

„Natürlich! Wir könnten auch Martin fragen. Der hat bestimmt auch Bock auf ein verlängertes Wochenende an der Küste. Außerdem hat er einen Transporter mit viel Platz."

„Prima! So machen wir das! Wie wäre es übernächstes Wochenende? Das würde mir zeitlich gut passen, weil ich Freitag und Samstag sowieso frei habe und das Wetter ist dann vermutlich auch gut, weil noch kein Ende der Hitzewelle in Sicht ist."

„In Ordnung! Das klären wir noch. Ich versuche dann, am übernächsten Freitag und Samstag auch Urlaub zu bekommen. Ich will jetzt wieder los. War schön, dich getroffen zu haben. Bis die Tage! Die Rechnung übernehme ich. Grüße an Katja!"   „Mach ich. Bis dann!"

Ich fuhr mit meinem Fahrrad nach Hause. Es ärgerte mich, dass Leonhard meine Ideen so gering schätzte und so wenig begeisterungsfähig war, wie viele Normalos. Erbsenzähler, phantasielos und gewöhnlich. Beziehen ihr Wissen aus der Zeitung, den sozialen Medien und dem Fernsehen und erzählen sich gegenseitig, was sie gehört und gelesen haben. Das ist dann ihre Realität. Das ist ja im Prinzip auch richtig, aber neuen Ideen, insbesondere von Außenseitern, stehen sie grundsätzlich skeptisch gegenüber, ohne sich eine eigene Meinung zu bilden oder die neuen Gedanken richtig einschätzen zu können. Ich selbst war immer offen für neue Ideen, begriff sie als kostbar und hatte Achtung gegenüber allen Leuten, die mutig waren, gegen den Mainstream zu denken und nicht wie Schafe, die nur das Bekannte nachblökten. Aber Leonhard hatte auch recht. Meine bisherigen Ideen und Erfindungen waren alle im Sande verlaufen. Warum sollte es diesmal anders sein? Ich war einfach nicht der Typ, der für seine Ideen kämpfen konnte oder wollte. Dabei fand ich einige meiner früheren Erfindungen immer noch gut, auch wenn ich mich nicht mehr um sie kümmerte und mir lieber etwas Neues ausdachte. Aber diesmal wollte ich an dem Projekt dran bleiben, und wenn es das Letzte war, was ich tat. Wie ein Terrier würde ich mich in die Idee verbeißen und erst locker lassen, wenn ich mein Ziel erreicht hatte oder tot am Boden lag. Dass Katja bei dem geplanten Ausflug an die See dabei sein sollte, störte mich irgendwie, aber ich wollte keine schlechte Laune verursachen und das Thema daher nicht ansprechen. Es herrscht eine andere Stimmung, wenn eine Frau dabei ist. Man muss mehr darauf achten, was man sagt, muss sich besser benehmen und darf sich nicht zu sehr betrinken. Gut, es gibt Männer, die das alles nicht interessiert und auf weibliche Gesellschaft keine Rücksicht nehmen. Aber so war ich eben nicht. Andererseits fand ich Katja nett und es könnten sich interessante Gespräche ergeben. Vielleicht wäre es doch gut, wenn sie mitkäme.

Cuxhaven

Zwei Wochen später. Alles klappte wie geplant. Martin sammelte alle Mitreisenden ein und nach einer problemlosen Anfahrt, wenn man davon absieht, dass Leonhard darauf drängte, an jeder Raststätte zu pausieren, um eine Zigarette zu rauchen und Katja bei der Gelegenheit regelmäßig für eine gefühlte halbe Stunde die Toilette aufsuchte, kamen wir gegen Mittag an der Nordseeküste, in der Nähe von Cuxhaven an.

Ich hatte mir einen Stellplatz auf einem Campingplatz in Strandnähe gebucht, wo ich mein Zelt aufschlagen wollte und Martin setzte mich dort ab. Die anderen hatten sich in einem günstigen Hotel in der Nähe einquartiert und wir wollten uns eine Stunde später im Hotel treffen, um gemeinsam Mittag zu essen. Um vor Ort mobil zu sein, mietete ich mir ein Elektrofahrrad und fuhr damit zu meinen Freunden. Nach dem Essen gingen wir an den Strand und fanden ein gemütliches Plätzchen in den Dünen zum Rasten. Wir tranken Bier und unterhielten uns über Belangloses. Leonhard schnippte eine Zigarettenkippe über eine Düne und war begeistert, wie weit sie geflogen war.

„Wer von euch war das eben?" tönte plötzlich eine laute energische Frauenstimme. Eine junge, nicht unattraktive Frau, hielt eine Gurkenzange hoch in die Luft. Anscheinend hatte sie Leonhards Zigarettenkippe darin im Würgegriff.

„Das ist ja wohl eine Sauerei. Wenn ihr hier schon unerlaubterweise in den Dünen kampiert, könnt ihr ja wohl wenigstens euren Dreck wieder mitnehmen. So eine Zigarettenkippe ist sehr giftig und Tiere, die sie fressen, können elend daran sterben. Ich und meine Umweltgruppe `Saubere Mädels´ können euch dann hinterher putzen und den Müll wieder einsammeln.“

„Ich bekenne mich schuldig und bitte um eine milde Bestrafung“, erwiderte Leonhard. „Soll nicht wieder vorkommen.“

„Ok! Als Wiedergutmachung könntest du dich an einer Müllsammelaktion beteiligen. Wir sind morgen Vormittag um zehn Uhr wieder unterwegs und wir könnten dich oder euch hier am Strand abholen. Wie wäre das?“

„Die Strafe halte ich für angemessen! Ich bin dabei und meine Freunde bestimmt auch. Bis Morgen dann!“

„Bis dahin!“ antwortete die Umweltaktivistin und verschwand hinter den Dünen.

„Ganz schön energisch, die junge Dame. Ich schlage vor, wir verlassen jetzt den Strand und suchen uns irgendwo ein gemütliches Café. Ich könnte ein Stück Torte und ein Kännchen Kaffee vertragen“, verkündete Leonhard. Gesagt, getan. Wir fanden ein gemütliches Café in Küstennähe und entdeckten einen freien Tisch an der Fensterfront. Der Kuchen war lecker und der Kaffee aromatisch und frisch.

„Mir gefällt es hier sehr gut. Vielleicht sollten wir morgen nochmal hierher kommen“, schwärmte Katja.

Martin bestätigte sie. „Das sehe ich auch so. Wenn man hier so gemütlich bei Kaffee und Kuchen sitzt, könnte man denken, die Welt ist doch insgesamt noch in Ordnung, die

Krisen sind weit weg und irgendwie wendet sich irgendwann alles zum Guten. Der Ukraine Krieg wird irgendwann vorbei sein, die Situation mit Russland wird sich wieder entspannen und die Welt wird nicht in einem Atomkrieg enden. Der Konflikt in Israel wird irgendwann beigelegt und es wird wieder relative Ruhe einkehren. Alles nur eine Frage der Zeit. Ich habe mir schon oft die Frage gestellt, wie die Welt wohl jetzt aussehen würde, wenn es den zweiten Weltkrieg nie gegeben hätte, z.B. weil dieser Wahnsinnige, dessen Namen ich hier nicht nenne, als Kind vom Wickeltisch gefallen und gestorben wäre oder der gegnerische Soldat, der ihm im ersten Weltkrieg begegnete, ihn erschossen und nicht verschont hätte. Dann wäre die Welt jetzt friedlicher und unser Land wäre immer noch größer als jetzt. Oder wenn die Europäer und Amerikaner auf ihren Kolonialismus verzichtet und andere Ländern nicht ausgebeutet und erobert hätten, dann würden sich die Menschen aller Länder besser vertragen und vertrauen.

Wenn die Alliierten nach dem zweiten Weltkrieg z.B. dieses Areal um das frühere Königsberg, das heute Kaliningrad heißt, nicht den Russen überlassen, sondern als Wiedergutmachung dort den Staat Israel gegründet hätten und nicht im nahen Osten, dann würde es diese ganzen Konflikte und Spannungen in der Region nicht geben. Stattdessen nutzt Russland dieses Gebiet heute als Raketenabschussbasis gegen Europa.

Wenn man wenigstens Palästina in zwei gleich große Staaten, Palästina und Israel, geteilt hätte, dann gäbe es heute schon die Zweistaatenlösung, und vielleicht Frieden oder zumindest Ruhe."

„Das sind viele wenn, würde und hätte. Aber das hilft uns leider nicht weiter. Wir müssen jetzt das Beste aus der aktuellen Situation machen und weitere Fehler mit Klugheit und Verstand möglichst vermeiden“, sagte Leonhard.

„Wie soll die Welt denn klug und weise reagieren, wenn beispielsweise China seine territorialen Machtansprüche vergrößert und verkündet, dass der Seeweg zwischen China und Taiwan, der von der übrigen Welt als internationaler Seeweg betrachtet wird, nicht mehr ohne seine Erlaubnis durchquert werden darf? Man kann doch nicht jedes Mal einen Krieg beginnen, wenn es irgendwo Probleme mit Gebietsansprüchen auf der Welt gibt“, gibt Martin zu bedenken.

“In dem Fall sollten andere Länder erklären, wenn China seinen Standpunkt nicht ändert, dann werden wir die Durchquerung internationaler Gewässer in unserer Nähe für chinesische Schiffe ohne Erlaubnis ebenfalls verbieten. Für alle anderen Länder gäbe es weiterhin keine Einschränkungen. Ich denke, das würde helfen.

Im Übrigen würde ich mit solchen totalitären und expansionssüchtigen Staaten, die keine kulturelle Vielfalt in ihrem Staat dulden, Minderheiten und andere ethnische Volksgruppen unterdrücken und in ihre engstirnigen Schablonen pressen wollen, überhaupt keinen Handel oder kulturellen Austausch pflegen.

Das setzt natürlich wirtschaftliche Unabhängigkeit von diesen Ländern voraus. Europa hat selbst einen so großen Wirtschaftsraum, dass es alle notwendigen Güter, wie Autos, Solarzellen, Computer, Fernseher, Mobiltelefone, Medikamente, Nahrungsmittel, Textilen usw. selbst herstellen könnte. Wir müssten kaum interkontinentalen Handel treiben und wären gut versorgt.

Dieses weltweite hin- und herschippern von Waren ist übrigens auch nicht gerade klimafreundlich und man könnte es so stark verringern. Wir schützen die Festung Europa vor billigen Importen und können uns somit höhere Löhne und bessere, umweltverträglichere Produktionsstandards leisten. Die Vorstände unserer Automobilunternehmen sollten froh über hohe Einfuhrzölle oder Importverbote sein, denn gegen die globale Konkurrenz können sie nämlich bald einpacken. Denen wird es nicht anders ergehen, als den europäischen Unternehmen anderer Branchen, die nach und nach vom europäischen Markt verschwunden sind. Jetzt sind sie nämlich an der Reihe. Mit einer Wirtschaftsfestung Europa hätten sie auf Dauer einen sicheren Absatzmarkt für ihre Fahrzeuge und wenn Jobs in einem europäischen Land in einer Branche verloren gehen, entstehen eben mehr in einem anderen europäischen Land. Aber wahrscheinlich können die ohnehin nicht mehr frei reden, sondern sind nur noch das verlängerte Sprachrohr der Länder, in denen sie investiert haben und von deren Märkten sie sich abhängig gemacht haben.

Man hört häufig, dass Importzölle zu höheren Preisen im Inland führen und die teureren Produkte dann Inflation verursachen, was schlecht für die Wirtschaft wäre.

Ich glaube, das ist zu kurz gedacht. Inflation entsteht meiner Meinung nach nur dann, wenn die von der Zentralbank herausgegebene Geldmenge schneller wächst, als die Wirtschaft. Dann kommt es zu Preis- und Lohnerhöhungen auf breiter Front und Preise und Löhne passen sich an die gestiegene Geldmenge an. Wenn es nur in einzelnen Branchen zu Preissteigerungen kommt, beispielsweise Verteuerungen beim Öl- und Gas Import, dann ist das eine Einkommensverschiebung oder andere Einkommensverteilung und keine Inflation. Die Öl- und Gas Exporteure verdienen mehr Geld und die Energieverbraucher müssen einen größeren Teil ihres Einkommens dafür ausgeben und müssen insgesamt ihren Konsum einschränken. Aber was nützt es, wenn die Verbraucher z.B. von billigen Autos aus dem fernen Ausland profitieren und die deutschen oder europäischen Autohersteller gehen pleite und die Menschen werden arbeitslos. Arbeitslose können sich dann noch so billige Autos aus dem Ausland nicht mehr leisten. Viel wichtiger als billige Importe aus dem fernen Ausland sind sichere Arbeitsplätze. Natürlich können verloren gegangene Branchen durch Importzölle oder Importverbote nicht von heute auf morgen aus dem Boden gestampft werden, weil Fachkräfte und Wissen erst wieder aufgebaut werden müssen. Aber auf lange Sicht erreicht man so mehr Wohlstand und Unabhängigkeit", erklärte Leonhard.

„Für den Konflikt in Israel sehe ich nur eine Lösung. Die Palästinenser bekommen ihren eigenen souveränen Staat im Westjordanland und die israelischen Siedler und das israelische Militär müssen da raus", sagt Katja und fragt dann weiter. „Wie siehst du das Ganze, Michael?"

„Ich sehe das genauso. Da wurden wieder viele Fehler gemacht, die viel Leid verursacht haben. Die Warnungen der ausländischen Geheimdienste zu dem bevorstehenden Angriff der Hamas vom siebten Oktober 23 wurden nicht ernst genommen. Natürlich musste die israelische Regierung danach reagieren und die Hamas im Gazastreifen angreifen. Aber ich verstehe nicht, warum man die dortige Zivilbevölkerung nicht vorher evakuiert hat. Man hätte ein Gebiet von der Größe des Gazastreifens dem Westjordanland hinzufügen und die Menschen, die man natürlich vorher nach Waffen untersucht hätte, dort unterbringen können. Dann hätte man den Gazastreifen komplett abriegeln, die eingeschlossenen Kämpfer aushungern und so zur Aufgabe zwingen können. Die Geiseln wären so vermutlich auch freigekommen. Anschließend würde der Gazastreifen planiert und die palästinensische Zivilbevölkerung könnte sich im neuen Gazastreifen oder Westjordanland ein neues Leben aufbauen."

„Ich finde, die einzelnen Länder Europas müssten auch militärisch stärker werden, um ihre politischen Werte und Territorien notfalls auch ohne Nato und USA verteidigen zu können und sollten sich eigene Atomwaffen zulegen, um nicht politisch erpressbar zu sein. Atomare Abrüstung ist eine schöne Illusion, wird aber nie passieren. Ich verstehe auch nicht, warum einige Länder ein Monopol auf Atomwaffen haben sollten. Das ist für die natürlich eine komfortable Situation. Sie können andere Länder, die selbst keine Atomwaffen besitzen, erpressen, angreifen oder erobern, ohne selbst besiegt werden zu können. Aber die Erlaubnis, sich selbst atomar zu bewaffnen, bekommt man nicht von anderen Ländern geschenkt, sondern das muss man einfach machen. Wenn mehr Länder eigene Atomwaffen hätten, würde dies zu mehr Stabilität führen. Russland hätte es sich zweimal überlegt, die Ukraine anzugreifen, wenn die noch über Atomwaffen verfügt hätte, und China würde sich Taiwan auch nicht so leicht einverleiben, wenn es damit rechnen müsste, dass ein paar Atombomben in Peking, bzw. Beijing landen", ergänzte Leonhard.

Martin hatte noch eine Frage. „Wie soll Europa reagieren, wenn Israel das Westjordanland und den Gazastreifen annektiert und die Palästinenser aus Israel vertreibt?"
Leonhard ergriff erneut das Wort. "Dann sollte Europa Wirtschaftssanktionen gegen Israel und auch ein Einreiseverbot für israelische Staatsbürger verhängen, bis es eine Zweistaatenlösung zufriedenstellend umgesetzt hätte."
Ich wollte auch noch etwas zum Thema Europa loswerden. „Ich glaube nicht, dass Europa da mit einer Stimme sprechen würde. Das wäre aber auch nicht so wichtig, denn es reicht ja auch schon, wenn ein großer Teil der europäischen Staaten Sanktionen durchsetzen würde, um Druck zu machen. Im Übrigen halte ich die Idee der Vereinigten Staaten von Europa, nach dem Vorbild der Vereinigten Staaten von Amerika, für falsch. Ich bin auch gegen ein europäisches Parlament und eine europäische Regierung, die in Konkurrenz zu den nationalen Regierungen stehen.
Jedes europäische Land sollte seine Eigenständigkeit und nationale Souveränität behalten und seine Grenzen befestigen und sichern. Man kann Grenzkontrollen auch so gestalten, dass sich keine Behinderung für den Waren- und Personenverkehr ergeben und keiner soll mir sagen, dass fast lückenlose Grenzkontrollen mit der heutigen Technologie nicht möglich wären. Selbst die kleine und wirtschaftlich schwache DDR war dazu in der Lage. Man könnte für normale Staatsbürger ohne kriminelle Vergangenheit, europäische Pässe ausstellen, mit denen sie sich ungehindert in ganz Europa bewegen können. Für Gewaltverbrecher, Diebe, Einbrecher, Hooligans und andere Vorbestrafte oder unerwünschte Personen, könnten dauerhafte oder zeitweilige Ein-

reisesperren verhängt werden, indem man ihre europäischen Pässe sperrt.

Die Regierungschefs der europäischen Länder könnten sich regelmäßig mehrmals im Jahr treffen und gemeinsame Gesetze, Regelungen oder Infrastrukturprojekte besprechen und beschließen. Die Teilnahme an diesen Maßnahmen ist für die einzelne Länder freiwillig. So ein Europa finde ich besser, als ein Europa der krampfhaften mit gegenseitigen Sanktionen erzwungenen Einstimmigkeit."

„Ich finde, das war jetzt erst mal genug Politik. Wie sieht denn der Plan für heute Abend aus?" fragte Katja.

„Ich würde sagen, wir essen im Hotel zu Abend und suchen uns später einen gemütlichen Club zum feiern und abhängen", schlug Martin vor.

„Ich klinke mich dann nach dem Abendessen aus. Ich gehe noch ein bisschen spazieren und ziehe mich dann in meinen Schlafsack zurück. Ich möchte morgen gern an der Müllsammelaktion teilnehmen. Wer will denn noch mitkommen?", fragte ich in die Runde. Das Interesse daran war gering, denn man wollte lieber ausschlafen. Ich sagte, dass ich zum gemeinsamen Mittagessen im Hotel wieder zu ihnen stoßen würde und wir dann den weiteren Tag verplanen könnten. Nach einer erholsamen Nacht und reichlich Kaffee zum Frühstück vor dem Zelt, ging ich zum Strand, wo die junge Frau mit der Gurkenzange schon wartete.

„Guten Morgen! Ich habe mich noch gar nicht vorgestellt. Ich bin Michael."

„Hallo, ich bin Trudi. Wo sind denn der Umweltfrevler und die anderen beiden abgeblieben?"

„Die lassen sich entschuldigen. Das gestrige Abendprogramm war etwas zu anstrengend und sie müssen sich noch erholen. Sie haben mir aber glaubhaft versichert, dass sie zukünftig bei jedem Strandbesuch etwas Müll sammeln und ordnungsgemäß entsorgen werden.“

„Das sind ja lobenswerte Absichten, Michael! Schön, dass du dich wenigstens nicht drückst. Meine Freundinnen schwächeln heute Morgen leider auch. Ich habe dir eine Gurkenzange mitgebracht, sowie einen Müllbeutel und Gummihandschuhe. Dann sollten wir gleich mal loslegen. Hier wird ständig neuer Müll am Strand angeschwemmt und auch von den Badegästen zurückgelassen. Wenn wir unseren Beutel voll haben, schätzungsweise in ein bis zwei Stunden, machen wir für heute Schluss.“

„Wieso macht ihr denn dieses Müll sammeln? Es gibt doch bestimmt auch professionelle Strandreiniger, die das mit Maschinen erledigen.“

„Die sammeln auch nicht alles ein, besonders die kleineren Teile erwischen sie nicht immer. Und auch an den Dünen wird nicht so oft gereinigt. Wir sind eben an einer sauberen Umwelt interessiert und wollen dazu einen Beitrag leisten. Das ist auch für die eigene Psyche gut, weil man das Gefühl hat, etwas zum Guten zu verändern. Auch wenn es nur ein kleiner Beitrag ist. Das Ganze macht ja auch Spaß und wir verbinden das immer mit einem Kurzurlaub an der Küste.“

„Ich finde das sehr gut, was ihr macht. Ich bin auch an dem Thema Umweltschutz interessiert und würde gern etwas gegen die globale Erwärmung machen. Der Anstieg des Meeresspiegels ist die größte Bedrohung für die Küste und eine Folge der steigenden Temperaturen auf der Welt. Die Erosion der Strände ist für jeden sichtbar und lässt sich nur durch den Verzicht auf fossile Brennstoffe aufhalten. Wenn es ganz schlimm kommt, und der Meeresspiegel in kurzer Zeit mehrere Meter ansteigt, dann sind unsere Deiche zu niedrig und es geht nicht nur Strand sondern auch viel Binnenland verloren." „Was kannst du als einzelner dagegen machen, außer durch deinen Lebensstil möglichst wenig Treibhausgase zu verursachen? Gehörst du etwa zu diesen radikalen Umweltaktivisten und klebst dich auf Straßen und Flugplätzen fest oder sprühst Farbe auf Kunstwerke oder Gebäude?"

„Nein, davon halte ich nichts. Das verärgert die Leute und stiftet nur Unfrieden. Diese Aktivisten ruinieren sich oft finanziell und zerstreiten sich mit ihrer Familie und ihren Freunden. Vielleicht sehen sie sich als Märtyrer und wollen sich für die Welt opfern. Ich würde mich nicht für die Menschheit opfern oder wirtschaftlich ruinieren. Wenn die Leute aus mangelnder Einsicht oder Gleichgültigkeit ihren Planeten unbewohnbar machen, dann ist es eben so. Die Natur wird sich irgendwann wieder erholen und auch ohne Menschen weiter existieren. Man kann zwar Lösungsvorschläge machen, an nachhaltigen Technologien forschen und sich politisch engagieren. Aber wenn sich die Bevölkerung insgesamt nicht für mehr Umweltschutz begeistert, dann muss sie eben die Folgen tragen. Wer nicht hören will muss fühlen."

„Harte Worte. Aber irgendwie hast du schon recht. Hast du denn irgendwelche Ideen, was man gegen die Erderwärmung machen kann?"

„Ich habe mir tatsächlich etwas überlegt. Die Freunde, mit denen ich darüber gesprochen habe, sind nicht sonderlich beeindruckt, aber ich würde das trotzdem durchziehen, wenn es einen Weg gäbe. Ich würde gern möglichst viel Holz zum Südpol bringen und dort lagern, weil Holz ein Kohlenstoffspeicher ist und dort in der Abgeschiedenheit, Kälte und Trockenheit lange überdauern kann. Das wäre nur ein kleiner Beitrag, aber es ist eben eine Maßnahme, die tatsächlich funktionieren könnte. Die Gebäude aus Holz, von früheren Südpolexpeditionen, stehen ja auch nach Jahrzehnten noch nahezu unverändert an Ort und Stelle. Man könnte es zur Bedingung für Antarktistouristen machen, zehn Tonnen Holz mitzubringen, wenn sie dorthin reisen wollen. Diese Exklusivurlauber stecken doch sowieso voll und könnten sich das locker leisten. Außerdem könnten sie damit auch ihr Gewissen beruhigen und ihr Image aufpolieren."

„Das hört sich ja interessant an und klingt auch wirklich neu. Normalerweise dürfen diese Kreuzfahrttouristen keinen Müll hinterlassen und müssen alles wieder mitnehmen. Aber wenn man die Idee erklären und dafür eine Genehmigung bekommen würde, wäre das eine prima Sache. Man könnte die Idee natürlich publik machen, indem man selbst eine Expedition auf die Beine stellt und einen Anfang macht, indem man da schon mal etwas Holz ablädt und über die Aktion einen Dokumentarfilm dreht oder zumindest Bilder und Texte in den sozialen Medien verbreitet."

„Leider arbeite ich noch an meiner ersten Million und kann so eine Expedition nicht finanzieren. Mit einem selbst gebauten Floss möchte ich das jedenfalls nicht wagen."

„Das brauchst du vielleicht auch nicht. Mein Vater ist ebenfalls am Umweltschutz interessiert und nagt nicht am Hungertuch. Er hat eine kleine Reederei und besitzt zwei Segelschiffe, mit denen er Kaffee, Kakao und Baumwolle aus Südamerika importiert und hier vermarktet. Der klimaneutrale Transport spielt dabei eine wesentliche Rolle und einige Kunden sind bereit, für diese Produkte mehr zu bezahlen. Sonst würde sich das finanziell gar nicht rentieren. Auf dem Hinweg transportiert er Bier, Wein, Käse, medizinische Geräte, Landwirtschaftsmaschinen und andere Sachen, die dort nachgefragt werden. Wenn ich ihn ein bisschen bearbeite, lässt er sich vielleicht auf so eine Tour ein."

„Das wäre natürlich großartig, wenn du das in die Wege leiten könntest. Meinst du, man sollte die zuständigen Regierungen vorher um Erlaubnis bitten und mit einbinden? Sonst gibt es vielleicht Ärger vor Ort und wir müssen das Holz wieder mitnehmen. Aber wenn wir um Erlaubnis bitten und sie verstehen die Aktion nicht oder lehnen aus grundsätzlichen Erwägungen ab, was dann? Ich glaube, wir sollten das doch ohne Erlaubnis machen. Dann können wir uns später immer noch damit herausreden, dass wir nicht wussten, dass Holz abladen in der Antarktis verboten ist. Und Schlagzeilen machen wir dann erst recht und es wird über die Idee geredet."

„Wir brauchen auf jeden Fall vorher eine Genehmigung. Privatpersonen dürfen die Antarktis nicht ohne Erlaubnis betreten oder erkunden. Das gibt sonst eine saftige Strafe."

„Wir könnten das Ganze auch als Kunstaktion durchführen. Wir müssen ja nicht einfach ein paar Baumstämme dort abladen, sondern schnitzen mit Kettensägen Pinguine, Robben, Steine und Eisklumpen aus Holz, malen die mit umweltfreundlicher Farbe an und stellen sie dort an die Küste, beispielsweise in eine Pinguinkolonie. Das fällt dann von weitem erst mal gar nicht auf. Später stellen wir das ins Internet und erklären die Aktion. Das wird ein Riesenspaß!"

„Das mit der Kunstaktion ist eine gute Idee. Wir könnten die Südpolbezwinger Roald Amundsen und Robert Falcon Scott aus Holz schnitzen, samt ihren Schlittenhunden und Ponys, und in der Nähe der hölzernen Häuser auf der Ross-Insel aufbauen. Dann machen wir Fotos und Filme und erklären die Idee. Allein das Vorhandensein der historischen Holzgebäude beweist doch schon, dass die Idee mit der Kohlenstoff-Speicherung durch Kälte und Trockenheit richtig ist. Ob wir die Figuren dann wieder mitnehmen müssen, ist doch nicht so wichtig. Hauptsache, die Weltöffentlichkeit erfährt von der Möglichkeit der Kohlenstoffsenke durch Holz am Südpol. Die Durchführung in großem Stil wäre dann sowieso ein internationales Projekt unter Regierungsbeteiligung."

„Ok! Du hast recht, Trudi! Dann bitten wir die zuständige Regierung, in dem Fall Neuseeland, um eine Genehmigung und hoffen, dass sie zustimmt."

„Wir sollten hier langsam zum Schluss kommen. Lass uns die Müllsäcke zum Hotel bringen, wo ich mit meinen Freundinnen wohne. Wir haben mit dem Hotelmanager eine Vereinbarung, dass wir den Müll im dortigen Müllbehälter entsorgen dürfen. Die Leute dort sind natürlich auch daran interessiert, dass ihre Strände sauber sind."

Nachdem wir den Müll abgeliefert hatten, tauschten wir Adressen und Telefonnummern aus und verabschiedeten uns voneinander. Danach traf ich mich mit meinen Freunden zum Essen im Hotel. Ich erzählte ihnen von meiner Begegnung mit Trudi und unseren Plänen, was für ungläubiges Staunen bei ihnen sorgte, aber auch für Neugier und etwas

Besorgnis, wegen möglicher Gefahren, die so eine Reise mit sich bringen könnte. Wir verbrachten noch einige schöne Stunden an der Küste und kamen schließlich wohlbehalten am Sonntagabend wieder zu Hause an.

Bremerhaven

Zwei Wochen später lud Trudi mich zu sich nach Hause ein. Sie wohnte in Bremerhaven, bei ihrem Vater. Ihre Mutter hatte sich von ihm getrennt, und wohnte bei ihrem neuen Partner in Hamburg. Trudis Eltern hatten ihre Ehe friedlich beendet und pflegten ein entspanntes Verhältnis zueinander. Sie besuchten sich auch gelegentlich gegenseitig. Aus der neuen Beziehung ihrer Mutter entsprang ein Kind und so kam Trudi zu einer kleinen Halbschwester, der fünfjährigen Trixi. Trudi hatte ihrem Vater von mir und meiner Idee erzählt und er war grundsätzlich dafür aufgeschlossen. Er wollte die Fahrt zur Antarktis auch geschäftlich nutzen und die dortigen Forschungsstationen mit Lebensmitteln und anderem beliefern.

„Hallo, ich bin Hauke. Schön, dich kennenzulernen, Michael!"

„Danke für die Einladung, Hauke! Das ist ja wirklich ein eindrucksvolles Zuhause mit einem tollen riesigen Garten, fast schon ein Park."

„Ja, da gibt es natürlich viel zu tun. Wir haben einen Gärtner, der die gröbsten Arbeiten erledigt. Aber wir überlassen auch einige Bereiche des Gartens der Natur. Meine Tochter hat mir von deiner Idee erzählt. Ich plane für den dritten Oktober wieder eine Tour nach Brasilien und ich habe für den

Hinweg noch etwas Platz im Laderaum frei. Einerseits könnte man dort die Holzfiguren unterbringen und andererseits würde ich noch Waren für die Forschungsstationen Scott Base und McMurdo mitnehmen. Die haben bereits Interesse signalisiert und ich habe bei der neuseeländischen Regierung auch wegen der Klimaaktion mit den Holzfiguren nachgefragt. Sie haben nichts dagegen, solange es sich um unbehandeltes, schadstofffreies Holz handelt. Die Figuren dürfen dann da auch stehen bleiben.“

„Das ist ja großartig. Ich würde natürlich gern mitfahren, wenn das möglich wäre.“

„Kein Problem. Wenn du darüber einen Film drehen willst, und sonst hätte das Ganze ja auch nur wenig Sinn, dann musst du sogar mitfahren und Trudi will natürlich auch mit. Etwas Zeit musst du ebenfalls mitbringen. Die Tour wird bestimmt fünfzehn bis sechzehn Wochen dauern.“

„Ich würde meinen aktuellen Job als Briefzusteller dann kündigen und mir später was anderes suchen. Wirklich zufrieden bin ich mit meiner Arbeit ohnehin nicht.“

„Das hört sich gut an. Wenn du dich als Matrose eignest, könnte ich dir vielleicht einen Job in meiner Reederei anbieten. Aber darüber sprechen wir dann nach der Reise.“

Trudi brachte schwarzen Tee und Gebäck und wir setzten uns auf die Terrasse vor dem Haus.

„Na, sind sich die beiden Männer schon etwas näher gekommen und stimmt die Chemie?“

„Das passt schon. Ich denke, wir sind uns einig. Will denn noch wer mitkommen?“

„Ich habe mit meinen Freunden Martin, Leonhard und dessen Freundin Katja gesprochen und es hörte sich so an, dass sie wohl gern bei so einer Reise dabei wären. Wann hat man schon mal die Gelegenheit, in die Antarktis zu reisen. Das ist ja sonst nur etwas für Forscher oder reiche Leute. Wenn es möglich ist, und wir alle würden natürlich tatkräftig an Bord mitarbeiten, dann kommen sie bestimmt mit. Mein Freund Leonhard ist zwar von meiner Idee nicht überzeugt, aber zu so einem Abenteuer würde er nicht nein sagen."

„Dann sollten sie sich schon mal um längeren Urlaub bemühen. Meine Passagierkabinen an Bord sind diesmal nicht vermietet, bis auf eine, und daher können sie gern umsonst mitfahren. Wir legen dann voraussichtlich am dritten Oktober ab."

„Meine Freundin Monika, von den `Sauberen Mädels´, würde auch gern dabei sein. Dann hätten wir ja, zusammen mit der angestammten Crew, eine ordentliche Truppe beisammen. Ich kann kaum erwarten, dass es losgeht."

„Am Ende der Tour werdet ihr bestimmt richtige Seeleute sein. Wie schätzt du denn deine Idee insgesamt ein. Glaubst du, dass man damit tatsächlich einen nennenswerten Beitrag zur Rettung des Klimas leisten kann, Michael?"

„Nun ja, ein Kubikmeter Holz bindet etwa eine Tonne Kohlendioxid. Wenn viele Länder mitmachen und großzügig Holz liefern, wobei das ja auch nicht unbedingt hochwertiges Holz sein muss, dann könnten da schon ein paar hundert Millionen Tonnen jedes Jahr zusammen kommen. Wenn eine Milliarde Kubikmeter Holz pro Jahr dorthin verfrachtet werden könnten, und Platz dafür gäbe es dort ausreichend, dann könnte man immerhin schon etwa zweieinhalb Prozent der aktuellen globalen CO_2 Emissionen ausgleichen. Die Länder bekommen dafür dann auch international handelbare Zertifikate. Es ist mir schon klar, dass das allein das Klima nicht retten wird, aber es gibt ja viele andere Projekte und man braucht sie alle.

Prof. Hans Joachim Schellnhuber hat das Bauhaus der Erde gegründet und wirbt für Holz als Baustoff, um einerseits CO_2 zu binden und andererseits klimaschädlichen Beton zu sparen. Aber auch der Beton wird umweltfreundlicher, weil vermehrt Wasserstoff bei seiner Herstellung eingesetzt und außerdem Biokohle als Zuschlagstoff verwendet wird, die auch Kohlenstoff bindet.

Prof. Thomas Brück von der TU München forscht an Algenölen, um damit Palmöl zu ersetzen und auch um Karbonfasern aus Algenölen herzustellen, die wiederum den Stahl als Bewehrung im Beton ersetzen. Das hilft auch, CO_2 einzusparen und Kohlenstoff zu binden. Die Stahlproduktion wird aber auch vermehrt mit Wasserstoff erfolgen und nicht mehr mit fossilen Brennstoffen.

Dr. Jovine züchtet Algen in Wasserbecken an der Küste von Marokko, um sie zu trocknen und als Kohlenstoffsenke in der Wüste zu vergraben. Vermehrter Starkregen in Nordafrika in letzter Zeit könnte das Projekt aber gefährden, weil zu viel Feuchtigkeit zur Zersetzung der Algen führen könnte. Daher müsste er sie weiter südlich verbuddeln oder die getrockneten Algen in große, wasserdichte Tongefäße füllen und diese anschließend tief im Boden vergraben. Dann wären sie vor Feuchtigkeit geschützt. Die Tongefäße könnte er vor Ort herstellen und in Solaröfen brennen lassen.

Dr. Fernándes-Mendez vom Alfred Wegener Institut für Polar- und Meeresforschung züchtet im Meer Sargassum-Algen, um sie auf den Meeresboden zu versenken, wo sie kaum zersetzt werden und langfristig Kohlenstoff binden.

Es wird daran gearbeitet, aus CO2 langlebige Produkte herzustellen und wenn sie kaputt gehen, werden sie nicht verbrannt, sondern in ausgebeuteten Kohlegruben eingelagert. Das speichert Kohlenstoff im Boden und könnte auch dem Ruhrgebiet helfen, damit die Menschen dort nicht ewig Grubenwasser abpumpen müssen, um nicht abzusaufen.

Es gibt also viele Leute, die sich um das Problem kümmern, aber es geht trotzdem alles nicht schnell genug. Es darf einfach nicht sein, dass wir kurz vor dem Ziel scheitern, obwohl es so viele Lösungen gibt, aber wir die nötigen Mengen an Treibhausgas Einsparungen und negativen Emissionen nicht schaffen."

„Das war mir gar nicht bewusst, dass es da schon so viele Projekte gibt. Aber das stimmt mich natürlich vorsichtig optimistisch und es freut mich, wenn wir Teil der Lösung sein können. Ich habe jetzt noch einiges im Büro zu erledigen. Vielleicht hast du Lust, mit Trudi heute noch was zu unternehmen. Bremerhaven hat ja viel Interessantes zu bieten. Du bist natürlich heute unser Gast und falls es etwas später wird und wir uns heute nicht mehr sehen, dann würde ich mich freuen, wenn wir morgen zusammen frühstücken. Trudi wird dir dein Gästezimmer zeigen. Also, viel Spaß ihr zwei und bis morgen." „Danke, bis dann."

„Wir können ja einen kleinen Stadtbummel machen und dann irgendwo in einer gemütlichen Hafenkneipe einkehren. Wie gut kennst du denn Bremerhaven?"

„Ich finde die Idee mit dem Stadtbummel und der Hafenkneipe gut. Ich kenne Bremerhaven nur vom Durchfahren und von gelegentlichen Berichten in Zeitungen und im Fernsehen. Mich würde natürlich das Klimahaus interessieren. Aber vielleicht bietet sich morgen Vormittag noch die Gelegenheit dazu. Am frühen Nachmittag möchte ich dann wieder zurück fahren." „Gut, dann lass uns mal losgehen."

Wir machten einen Spaziergang im Stadtzentrum, vorbei am Auswandererhaus, dem Klimahaus, dem Schifffahrtsmuseum und einiges mehr, und sahen uns dann ein Theaterstück im kleinen Figurentheater an. Anschließend schlenderten wir durch den Fischereihafen, wo wir in einer Kneipe einen kleinen Tisch in einer gemütlichen Nische fanden, ein Fischbrötchen aßen und Bier tranken.

„Das war ein sehr schöner Tag heute, mit dir und deinem Vater. Ich habe mich richtig wohl gefühlt in Bremerhaven und die Aussicht auf die gemeinsame Reise ist schön und aufregend."

„Das geht mir genauso. Ich freue mich echt darauf. Du machst auf mich einen engagierten und klugen Eindruck. Wieso konntest du beruflich nicht mehr aus dir machen? Kein Ehrgeiz?"

„Zu wenig Selbstbewusstsein und zu verklemmt. Ich hätte gern studiert und wäre gern in irgendeinem Forschungsinstitut gelandet, wie zum Beispiel hier im Alfred Wegener Institut und es hätte mir großen Spaß gemacht, an abenteuerlichen Expeditionen teilzunehmen und interessante Sachen zu erforschen. Aber irgendwie ging das mit mir nicht. Aber dafür machen wir ja jetzt eine interessante Expedition. Wie sieht das bei dir aus? Willst du mal eine Familie gründen, Kinder haben oder lieber frei sein?"

„Ich scheue vor einer langfristigen Bindung zurück, weil ich Bedenken habe, dann zu viel zu verpassen. Ich hatte natürlich schon einige feste Freunde und ich weiß, dass ich auf Männer attraktiv wirke. Aber wenn ich mich zu sehr eingeengt fühlte, habe ich das wieder beendet. Im Moment bin ich mit meinem Singledasein ganz zufrieden. Das schließt natürlich das eine oder andere amouröse Abenteuer nicht aus. Ich finde, es gibt so viel Schlimmes auf der Welt und ich möchte als kleinen Ausgleich viel Freude und Liebe verteilen, deshalb kann ich auch nicht nur für einen Mann da sein. Wie sieht es bei dir aus? Auch kein Interesse, dich fest zu binden?"

„Nein. Ich möchte sowieso keine Kinder in die Welt setzen. Nicht, dass ich fest an den nahen Weltuntergang glaube und eine eigene Familie und Kinder würden mir grundsätzlich gefallen, aber ich finde, es gibt schon zu viele von unserer Spezies. Das mit der Fortpflanzung sollen ruhig andere machen und deshalb will ich auch nicht heiraten. Gegen eine nette Freundin hätte ich im Prinzip nichts einzuwenden. Immer allein durchs Leben zu gehen, ist ja irgendwie auch öde."

„Durchaus ein akzeptabler Standpunkt. Wenn du willst, darfst du mich jetzt küssen. Ich möchte mal testen, ob die Chemie zwischen uns grundsätzlich passt, falls man das trotz des Fischbrötchens und des Bieres überhaupt schmeckt. Das ist jetzt aber kein Angebot für eine Beziehung, sondern nur mal so zum Spaß."

„In Ordnung! Also völlig unverbindlich und nur zur Probe!"

Wir gaben uns einen langen Kuss, mit Zunge tief im Hals, Schmatzen und Speichelfluss. Trudi war dabei so gierig, als wollte sie mich auffressen. Nach etwa einer Minute war er beendet und Trudi trank wortlos einige Schlucke Bier.

„Das war echt scharf Trudi! Geradezu leidenschaftlich. Ich bin von dir fasziniert. Mein bester Kuss ever. Na ja, so viele waren es bisher auch nicht."

„Ja, das war nicht schlecht. Ich denke, das mit der Chemie könnte passen. Aber wir lassen es lieber langsam angehen. Mehr gibt es vorerst nicht. Schließlich wollen wir ja zusammen auf Tour gehen und zu viele Gefühle sind da irgendwie störend und auch wenn da mal mehr passieren sollte, hätte das nichts mit einer Beziehung zu tun, sondern nur mit Sex. Das würde mich auch nicht davon abhalten, parallel mit anderen Typen rumzumachen. Wenn das für dich ok ist, können wir uns gut vertragen."

„In Ordnung! Damit könnte ich leben."

Wir hielten uns noch eine Weile in der Kneipe auf und führten angeregte Gespräche. Dann gingen wir zurück. Trudi zeigte mir mein Gästezimmer und drückte mir ein frisches Handtuch und Bettwäsche in die Hand. Das Bett sollte ich selbst beziehen und am nächsten Morgen die Bettwäsche abziehen und zusammen mit dem Handtuch in den Wäschekorb legen.

„Dann wünsche ich dir einen guten Schlaf und angenehme Träume. Frühstück ist pünktlich um zehn Uhr auf der Terrasse. Gute Nacht!"

„Gute Nacht Trudi, und danke für den schönen Abend."

Ich lag noch eine Weile wach im Bett und dachte über den Abend nach, bis ich endlich einschlief. Plötzlich weckte mich ein Klopfen an der Tür, begleitet von einer Stimme.

„Hallo, bist du noch wach? Ich möchte dir mal was zeigen Michael." „Einen Moment bitte." Ich öffnete die Tür. Trudi stand völlig nackt vor mir und fragte, ob sie reinkommen dürfe. Ohne auf meine Antwort zu warten, schlüpfte sie ins Zimmer und legte sich in mein Bett. „Ich habe gerade doll Lust auf Sex. Diese Gelegenheit solltest du dir nicht entgehen lassen, Michael!“

Es folgten die mit Abstand schönsten Stunden in meinem bisherigen trostlosen Dasein und ich war Trudi unendlich dankbar. Ich sagte mir, dass leidenschaftlicher guter Sex wohl das Schönste war, was dieses Leben zu bieten hatte, und dankte der Evolution für diese Erfindung. Das war wahrscheinlich sogar viel besser, als einen prall gefüllten Jackpot im Lotto zu knacken. Als ich morgens aufwachte, war Trudi verschwunden. Ich duschte und ging zum Frühstücken auf die Terrasse. Hauke saß bereits am Tisch und stand auf, um mich zu begrüßen.

„Guten Morgen! Gut geschlafen? Du siehst noch etwas müde aus. Dann seid ihr gestern wohl spät ins Bett gekommen.“ „Ja, ich bin erst spät eingeschlafen. Aber etwas Koffein wird die Sache schon richten.“

Trudi brachte Kaffee und Brötchen an den Tisch, der bereits eingedeckt und mit Marmelade, Wurst und Käse bestückt war. „Guten Morgen Michael! Gut geschlafen?“

„Ja, sehr gut Trudi. Ich habe nur etwas Muskelkater. Ich muss wohl gestern irgendwie untrainierte Muskeln überbeansprucht haben. Hast du auch gut geschlafen?“

„Ja, sehr gut. Ich habe übrigens keinen Muskelkater. Ich habe nachher gleich eine Verabredung mit meinen Freundinnen. Wir wollen über die Herstellung der Holzfiguren sprechen. Ich würde gern Roald Amundsens Mannschaft und seine Schlittenhunde, sowie ein paar Pinguine schnitzen, wenn dir das recht ist. Dann wäre es deine Aufgabe und die deiner Freunde, Robert Falcon Scotts Truppe und seine Ponys herzustellen. Wir wollen uns dazu bei einem Kettensägenkurs anmelden, um das Schnitzen mit Kettensägen zu lernen. Das Klimahaus kenne ich schon. Das kannst du dir ja auch allein anschauen."

„In Ordnung! Dann würde ich euch nach dem Frühstück verlassen." Nach einer Stunde verabschiedete ich mich von Hauke und Trudi, dankte ihnen für ihre Gastfreundschaft und sagte, dass ich mich auf den dritten Oktober freue. Ich verbrachte interessante Stunden in dem Klimahaus, in dem einige Stationen entlang des achten Längengrades dargestellt wurden. Die Schweiz, Sardinien, die Sahelzone und natürlich die Antarktis. Anschließend fuhr ich mit der Bahn wieder nach Hause. Es war das schönste Wochenende meines Lebens und ich zehrte noch lange von diesem Erlebnis.

Ich kündigte meinen Job und besprach mit meinen Freunden die Reisevorbereitung. Sie wollten alle unbedingt dabei sein und beknieten ihre Arbeitgeber um eine berufliche Auszeit von sechs Monaten, was sie auch tatsächlich durchsetzten. Wir machten auch einen Kettensägenlehrgang, um das Schnitzen von Holzskulpturen zu erlernen. Unsere lebensgroßen Figuren von Scotts tragischer Terra Nova Südpolexpedition durften wir auch vor Ort herstellen und das Ergebnis war, dank der Unterstützung durch unseren Lehrer, durchaus zufriedenstellend. Für den Transport nach Bremerhaven kauften wir einen Anhänger für Martins Auto. Wir deckten uns mit Winterkleidung sowie haltbarem Proviant ein und warteten ungeduldig auf den Tag der Abreise.

Auf dem Weg

Der dritte Oktober war da und Martin sammelte die Expeditionsteilnehmer ein. Alle standen mit ihrem Gepäck bereits vor der Haustür, als Martin sie abholte und um acht Uhr waren wir auf der Autobahn in Richtung Bremerhaven. Nach einer schönen Fahrt, mit angeregtem Geplauder und Vorfreude, trafen wir gegen elf Uhr am verabredeten Punkt am Überseehafen ein. Katja hatte die Aufgabe übernommen, die Reise mit einer guten, hochauflösenden Kamera zu dokumentieren. Aber auch wir anderen wollten bei passender Gelegenheit mit unseren Smartphones fleißig Bild und Tonmaterial sammeln.

Vor Ort herrschte emsiges Treiben und das Beladen war in vollem Gange. Wir stiegen aus und sahen uns das Schiff aus der Nähe an. Es war ein Großsegler mit drei Masten, einem Stahlrumpf und knapp siebzig Meter lang. Am Bug stand der Name des Schiffes - Aurora. Als wir zur Gangway kamen, sahen wir Hauke und Trudi dort stehen, die das Beladen des Schiffes beobachteten und koordinierten. Die Begrüßung viel herzlich aus und alle waren bester Stimmung.

„Schön, euch alle wiederzusehen. Unsere erste Begegnung in den Dünen war ja nur kurz. Ich hoffe, ihr habt inzwischen fleißig Müll gesammelt", scherzte Trudi.

„Ladet bitte gleich euer Gepäck und die Holzfiguren aus

und bringt dann das Auto und den Anhänger zum Parkplatz. Wir kümmern uns um das Verstauen der Figuren. Trudi wird euch eure Kajüten zeigen und über die Spielregeln auf dem Schiff aufklären. Wir sehen uns dann später an Bord."

Wir nahmen unsere Rucksäcke und Reisetaschen und bezogen unsere Kajüten. Da auf dieser Reise außer uns und Trudis Freundin Monika nur noch zwei andere Passagiere, die allerdings als zahlende Gäste mitfuhren, dabei waren und das Schiff neben den Kabinen für die Mannschaft über zwanzig zweier Kajüten für Gäste verfügte, gab es ausreichend Platz. Katja und Leonhard bekamen ein gemeinsames Zimmer und Monika, Martin und ich jeweils einen Raum für uns allein. Trudi rief alle Passagiere, auch die zahlenden Gäste Claudia und Klaus, zu einer Ansprache zusammen.

„Ihr gehört auf dieser Reise alle mit zur Crew und es wird von euch erwartet, dass ihr mit anpackt, wo immer es nötig ist, d.h. auch das Deck schrubben, putzen, in der Kombüse mithelfen und was sonst noch so anfällt. Der Kapitän, also in diesem Fall mein Vater, hat das Sagen an Bord. Wer sich extrem daneben benimmt, muss damit rechnen, für eine Weile in unserer Gefängniszelle zu landen. Im Wiederholungsfall geht der Betreffende im nächsten Hafen von Bord. Bisher war allerdings weder das eine noch das andere nötig gewesen. Privater Alkohol ist an Bord verboten. Den gibt es nur abends rationiert in der Messe und unter Aufsicht, damit sich keiner zu heftig betrinkt. Rauchen ist nur auf Deck gestattet und die Kippen landen im Aschenbecher und nicht im Meer. Es gibt Rauchmelder unter Deck und eine Sprinkleranlage. Wir haben, abgesehen vom Kapitän und mir, eine Stammmannschaft von sechs Matrosen, vier Männer und zwei Frauen, die in dreier Schichten Dienst haben. Der Begriff Matrose hat nichts männliches oder weibliches an sich und ist nur eine Berufsbezeichnung, genauso wie Kapitän. Man denkt nur, dass die Begriffe Matrose und Kapitän männlich sind, weil die Berufe früher ausschließlich mit Männern besetzt waren. Das wird sich ändern. Den Artikel der oder die lassen wir weg. Es heißt nur Matrose. Wir kommen mit so wenig Personal aus, weil dieses Schiff hoch automatisiert ist. Da müssen keine Segel mehr von Hand gesetzt oder geborgen werden. Das übernehmen alles Elektromotoren, Sensoren und der Bordcomputer. Die Navigation ist auch auf dem neuesten Stand.

Allerdings können alle Funktionen auch manuell durchgeführt werden. Es gibt für alle erforderlichen Manöver auch von Hand zu betätigende Winden. Der Anker kann manuell fallen gelassen und eingeholt werden und auch das Steuerruder kann nicht nur per Joystick, sondern auch ganz traditionell per Steuerrad an Deck bedient werden. Das ist wichtig, falls die Bordelektronik mal ausfallen sollte und auch, damit ihr das traditionelle Segeln per Hand erlernen könnt. Auch die Navigation per Kompass, Seekarte, Chronometer und Sextant werdet ihr üben. Dafür gibt es jeden Tag zwei Stunden Unterricht in der Messe.

Wir haben einen Dieselmotor für die Stromerzeugung, der mit Pflanzenöl läuft, sowie einen Elektromotor für den Antrieb und Batteriespeicher. Der Dieselmotor kann das Schiff per Welle auch direkt antreiben.

Wie ihr vielleicht schon gemerkt habt, sind alle geeigneten Flächen, wie das Deck und die Außenseite des Schiffs mit Fotovoltaikmodulen beklebt, die die Batterien aufladen, das

Bordnetz und den Elektromotor versorgen. Der Hauptantrieb kommt allerdings durch die Segel und den Wind. Für die Wasserversorgung haben wird eine Meerwasserentsalzungsanlage. Das Wasser aus der Dusche wird auch für die Toilettenspülung verwendet und landet dann nicht im Meer, sondern im Schmutzwassertank. Das Methan, das sich im Schmutzwassertank ansammelt, wird außerdem verstromt. Wir hinterlassen nirgends Müll, sondern nehmen alles wieder mit nach Hause.

Wenn ihr eure Kajüten verlasst, müsst ihr immer eine Rettungsweste anhaben, die sich im Wasser selbst aufbläst und ein Ortungssignal sendet. Ich mache mit euch jetzt mal einen Rundgang und zeige euch das Schiff. Ihr könnt natürlich jederzeit Fragen stellen."

„Ich bin echt beeindruckt, was ihr für ein modernes und gut ausgestattetes Schiff habt. Das wird bestimmt eine schöne und sichere Reise und wir werden uns nützlich machen, so gut es geht. Wenn alle Schiffe so ausgestattet und umweltfreundlich unterwegs wären, könnte keiner was gegen den Warentransport und die Kreuzfahrten auf den Meeren haben. Ich hoffe, unser Dokumentarfilm kann für diese Art zu reisen, Werbung machen", schwärmte ich Trudi vor.

"Danke schön. Lasst uns an Deck gehen. Wir legen gleich ab!"

Um vierzehn Uhr wurden die Leinen eingeholt und wir verließen den Hafen. Wir fuhren die Wesermündung entlang, vorbei an den Leuchttürmen `Roter Sand´ und `Alte Weser´, Richtung Helgoland, durch den Ärmelkanal und dann auf den Atlantik. Bei Madeira legten wir einen kurzen Zwischenstopp ein und dann ging es immer Richtung Süden.

Wir schafften pro Tag im Durchschnitt sechshundert Kilometer und sollten, wenn alles gut ging, nach einer Distanz von etwa zwanzigtausend Kilometern oder zehntausendachthundert Seemeilen, in fünf bis sechs Wochen an unserem Ziel, der Ross-Insel eintreffen. Doch bis dahin war es noch ein weiter Weg.

Die Stimmung an Bord war gut und auch das hervorragende Essen hielt Leib und Seele zusammen. Einige der Passagiere, inklusive mir selbst, litten allerdings etwas unter Seekrankheit. Mit Tabletten und einer Zeit der Eingewöhnung, war diese allerdings in den Griff zu bekommen.

Am zehnten Tag der Reise kam Trudi in der Nacht zu mir in die Kajüte und wir verbrachten fast die ganze Nacht zusammen. Sie gestand mir, dass sie auch mit Martin geschlafen hatte, aber auch, dass sie in keinen von uns beiden verliebt war und nur ihre Lust ausleben wollte. Daher gäbe es auch keinen Grund für Eifersüchteleien.

Es gab beim Essen keine feste Sitzordnung und ich unterhielt mich beim Abendessen mit Martin, der mir gegenüber saß.

„Ich muss dir was Seltsames erzählen, Michael. Letzte Nacht bin ich aufgewacht und ich verspürte ein Verlangen nach Zucker. Ich hatte in meiner Nachttischschublade noch ein Stück Traubenzucker und habe es im Dunkeln herausgeholt, ausgewickelt und in der Mitte durchgebrochen. Da habe ich flüchtig einen schwachen Lichtblitz gesehen, der von der Bruchkante des Traubenzuckers ausging. Ich dachte erst, ich hätte mich geirrt, aber ich habe das Stück noch mehrmals zerbrochen und jedesmal gab es einen deutlich zu sehenden Lichtblitz. Hast du davon schon mal gehört?“

„Nein, aber das ist interessant. Wahrscheinlich ist das so eine Art Biolumineszenz, wie bei den Glühwürmchen oder den Tiefseefischen."

„Ich habe neulich in der Zeitung gelesen, dass die Knochen der toten Wale, die ja auch viel Kohlenstoff enthalten, am Meeresgrund kaum verrotten, sondern mit der Zeit im Sediment eingeschlossen werden. Das ist ja so ähnlich, wie unserer Projekt mit dem Holz. So wird ja am Meeresgrund auch Kohlenstoff eingelagert."

„Na klar. Meere sind riesige Kohlenstoffsenken. Ohne die Meere wären wir längst verloren. Die Algen produzieren die Hälfte des Sauerstoffs, den wir atmen. Kieselalgen binden Kohlenstoff und wenn sie sterben, sinken sie auch auf den Meeresgrund und bilden so eine natürliche Kohlenstoffsenke. Das Wasser der Weltmeere bindet die Hälfte des Kohlendioxids, das wir in die Luft blasen. Es gibt da einen direkten Zusammenhang zwischen CO_2 Konzentration in der Atmosphäre und CO_2 Gehalt in den Meeren. Das hat was mit Druckausgleich zu tun. Das bedeutet allerdings auch umgekehrt, wenn wir eine Tonne Kohlendioxid aus der Atmosphäre entfernen, strömt eine halbe Tonne wieder aus den Meeren heraus. Außerdem können die Meere bei steigenden Wassertemperaturen weniger CO_2 binden.

Ich habe neulich einen Artikel von den Katakomben unter Paris gelesen. Die Franzosen wussten irgendwann nicht mehr, wo sie die ganzen Gebeine ihrer Verstorbenen lassen sollten. Einer kam dann auf die Idee, sie in den leeren Steinbrüchen unter Paris phantasievoll aufzustapeln und quasi zu einer Touristenattraktion zu machen. Ich finde, das sollte Schule machen. Das ist doch auch eine prima Idee, Kohlenstoff zu speichern. Wenn die Grabstellen bei uns nach fünfundzwanzig bis dreißig Jahren aufgelöst werden, dann könnte man die Knochen in trockenen unterirdischen Kammern aufbewahren. Außerdem könnte man so auch die Knochen von Haustieren und Schlachttieren einlagern. Da kommen doch im Laufe der Jahre viele Millionen Tonnen Kohlenstoff zusammen."

„Ich möchte nach meinem Tod lieber verbrannt werden. Stell dir mal vor, man hätte Johann Sebastian Bach nach seinem Tod verbrannt und mit seiner Asche und den aufgefangenen Verbrennungsgasen einen Baum, den man in ein geschlossenes Gewächshaus gepflanzt hätte, gedüngt und aus diesem Musikinstrumente für ein Orchester gebaut. Der gesamte Kohlenstoff seines Körpers wäre dann in den Musikinstrumenten gespeichert. Dann könnten mit diesen Instrumenten Konzerte mit seiner Musik gegeben werden und er wäre quasi körperlich noch irgendwie dabei und könnte so quasi postum auf Welttournee gehen."

„Auch nicht schlecht. Der Fantasie sind da keine Grenzen gesetzt. So könnte man auch mit verstorbenen Theaterschauspielern oder Sängern verfahren, aus ihren Bäumen hölzerne Marionetten bauen, sie in Marionettentheatern auftreten lassen und mit ihren aufgenommenen Stimmen sprechen und singen lassen. Aber das ist dann vielleicht doch zu makaber. Lass und an Deck gehen und frische Abendluft schnuppern."

„Das war eine gute Idee. Wir haben gerade einen tollen Sonnenuntergang bei wolkenlosem Himmel und bald eine sternklare Nacht. Mann, ist das Klasse. Wir umrunden zusammen den halben Globus und haben vielleicht gerade die beste Zeit unseres Lebens. Ich hatte übrigens neulich auch den besten Sex meines Lebens."

„Ich kann es mir schon denken. Mit Trudi."

„Woher weißt du das?"

„Sie hat es mir erzählt. Ich habe auch mit ihr geschlafen. Aber wir sollen nicht eifersüchtig sein, weil sie uns beide nicht liebt, sondern nur ihren Spaß haben will. Ich finde das gut so."

„Ok, dann ist das so. Kannst du mir eine Flasche Rasierwasser überlassen? Ich habe da unten so eine Entzündung und will die Stelle damit desinfizieren. Wahrscheinlich habe ich in letzter Zeit die Intimhygiene zu sehr vernachlässigt."

„Kann ich machen. Mir ist übrigens aufgefallen, dass sich die Eichel und die Innenseite der Vorhaut einige Stunden nach jedem Samenerguss häuten. Diese toten Hautzellen bilden dann einen idealen Nährboden für Bakterien. Deshalb ist es wichtig, dass man sich da unten regelmäßig richtig wäscht, besonders nach dem Sex. Diese käseartige Ablagerung, das sogenannte Smegma, bildet mit der Zeit auch unschöne Düfte. Angeblich wird es von Talgdrüsen gebildet, aber ich glaube, dass es überwiegend aus abgestorbenen Hautzellen besteht."

„Das ist mir so noch nicht bewusst gewesen, dass sich das Ding häutet. Welchen Sinn sollte das haben?"

„Das ist wahrscheinlich ein Schutz vor Infektionskrankheiten, die beim Sex übertragen werden können. Aber dieser Schutzmechanismus funktioniert leider nicht immer."

„Na ja, besser als nichts. Schau, jetzt sieht man die Sterne. Wenn man sich mal diesen sagenhaften Sternenhimmel anschaut, das Meer mit seinen Geräuschen, die ganze Natur auf der Erde, die Schönheit der Wälder, Berge, Tiere und die hübschen Mädchen, dann muss man doch an einen Schöpfer glauben. So ein Szenario kann doch nicht bloßer Zufall sein. Wieso gibt es sonst so viel Schönheit, Liebe und Harmonie? Was sind Gefühle, was ist die Zeit? Das sind doch alles wunderbare Rätsel. Findest du nicht auch?“

„Ich finde diese Welt auch sehr gut gelungen und empfinde auch die Schönheit der Dinge, der Musik, den Klang der menschlichen Stimme und den Duft der Rosen. Aber ich sehe auch die Realität und Physik dahinter. In der physikalischen Welt gibt es keine Geräusche, keine Musik oder Stimmen, sondern nur Schallwellen unterschiedlicher Frequenzen. Es gibt da auch keine Farben oder schöne Landschaften, sondern nur elektromagnetische Wellen mit verschiedenen Wellenlängen. Die Düfte eines leckeren Essen, eines wohlriechenden Parfüms oder auch abschreckender Gestank, sind chemische Verbindungen in Gasform. Köstlicher Wein besteht aus Wasser, Alkohol und zahlreichen chemischen Aromen. Unser Zeitgefühl entsteht durch die physikalischen, chemischen und biologischen Veränderungen, die nacheinander stattfinden. Das Wunder, das aus dieser nüchternen Realität unser Bewusstsein, unsere Persönlichkeit, unsere Gefühle, ja unsere eigene Welt entstehen lässt, findet in dieser zweieinhalb Pfund schweren grauen Masse zwischen unseren Ohren statt. Ich ziehe mich jetzt in meine Koje zurück und lese noch etwas. Schlaf gut, Martin!“

„Danke, du auch.“

Sturm

Der Tag begann mit einem schönen Sonnenaufgang und Aurora, die Göttin der Morgenröte, machte ihrem Namen alle Ehre und verzauberte den Himmel. Auch unser Schiff, die Aurora, stand ihr in nichts nach und glitt bei stetigem Wind mit einem sagenhaften Tempo durch die Wellen. Der Nordost Passatwind trieb uns zusammen mit dem Kanarenstrom entlang der Küste Afrikas zügig nach Süden.

Nach dem Frühstück gab es praktischen Unterricht. Die Matrosen Knut und Ingrid zeigten uns angehenden Matrosen, wie man Segel hisst und refft, und wir durften uns sportlich an den Winden und Tauen betätigen, den Anker fallen lassen und einhieven. Wir lernten, wie die einzelnen Segel heißen, wie man Schifferknoten macht und wie man das Schiff von Hand steuert. Anschließend gab es theoretischen Unterricht in der Messe, der abwechselnd von unserem Kapitän Hauke und Trudi abgehalten wurde. Nach dem Mittagessen war Deck schrubben, Kombüse reinigen und auch die Toiletten säubern angesagt. Entspannung brachte die Teestunde und es folgten wieder praktische Übungen an Deck. Nach dem Abendessen hatten wir dann Freizeit und so war der ganze Tag strukturiert und es stellte sich eine beruhigende Routine ein. Wir hatten das Gefühl, jeden Tag mehr zu richtigen Seeleuten zu werden. Nach dem Abendessen kam etwas stärkerer Wind auf und es gab für die nächsten Stunden eine Sturmwarnung. Der Sturm ließ sich leider nicht umfahren, und so sollte sich jeder darauf vorbereiten und auf keinen Fall seine Schwimmweste vergessen. Da der Sturm noch auf sich warten ließ, gingen Leonhard, Katja und ich nochmal an Deck, um uns die Haare vom Wind ordentlich durchpusten zu lassen. Leonhard hatte Zigarren dabei und bot uns eine an. Eigentlich waren Katja und ich Nichtraucher, aber bei so einer Reise und guter Stimmung, konnte man ja mal eine Ausnahme machen. Katja saugte an ihrer brennenden Zigarre und musste unwillkürlich husten. Dabei lachte sie laut, weil sie die ganze Situation komisch fand und sich wie ein Schulkind fühlte, das heimlich seine erste Zigarette probierte. Auch ich musste anfangs husten, weil ich keinen Tabakrauch gewohnt war.

„Der Wind wird langsam kräftiger. Das Schiff schaukelt schon ganz schön. Wir sollten dann bald unter Deck gehen", sagte ich zu Leonhard.

„Ja, noch ein paar Minuten. Ein Stück will ich noch von der guten Zigarre wegrauchen."

„Windräder haben übrigens den schönen Nebeneffekt, dass sie den Wind abschwächen, indem sie seine Energie in Strom umwandeln. Wenn man genügend davon an den Küsten aufstellt, hat man nicht nur eine schöne Stromausbeute, sondern schützt auch die Küsten vor Sturmfluten und Erosion. Die könnten vielleicht auch Florida vor den regelmäßigen Verwüstungen durch Hurrikane bewahren. Strom statt Sturmschäden. Das wäre doch eine lohnende Investition. Bei Windstille oder schwachem Wind könnten die Flügel eingeklappt und die ganzen Windräder automatisch, wie Teleskopmasten, in Schächten im Boden versenkt werden. Dann stören sie in Zeiten ohne Hurrikane und Stürme nicht die Skyline. Die Flügel könnten zudem mit weißen und farbigen LEDs bestückt werden. An besonderen Tagen, wie Weihnachten, Silvester, Erntedankfest usw., könnte dann nach Sonnenuntergang mit blinkenden und leuchtenden Windradflügeln eine grandiose Lightshow geboten werden, vorausgesetzt natürlich, es weht dann etwas Wind.

In Wäldern aufgestellt, schützen sie vor Windbruch oder umstürzenden Bäumen. Ob sie auch einen Hurrikan aufhalten könnten, weiß ich nicht, aber sie könnten die Verwüstungen zumindest abmildern."

„Das wäre ja eine prima Sache und könnte den Windradgegnern sozusagen den Wind aus den Segeln nehmen."

Katja war inzwischen von der Zigarre übel geworden und sie hing bleich über der Rehling. Dann wurde ihr schwindelig und als eine Windböe das Schiff erfasste, fiel sie über das Geländer ins Wasser.

„Verdammt, Katja ist weg! Mann über Bord!", schrie Leonhard. Panisch starrte er in die Wellen und rief nach Katja.

Der Ortungssender an Katjas Schwimmweste hatte selbstständig ausgelöst und es ertönte Alarm von der Schiffssirene. Der Bordcomputer leitete automatisch ein Wendemanöver ein und zwang das Schiff in eine Kreisbahn. Nach einer dreihundertsechzig Grad Drehung sollte Katja wieder vor dem Bug in Sicht kommen. Nach bangen Minuten sah man die blinkenden Lichter ihrer Schwimmweste. Die Segel wurden alle automatisch eingeholt und die Schiffspropeller bremsten die Aurora fast bis zum Stillstand ab. Die komplette Mannschaft war an Deck. Es wurde ein Schlauchboot mit einem starken Benzinmotor ins Wasser gelassen, das mit zwei Matrosen besetzt war. Rasch erreichten sie Katja und zogen sie in das Boot. Die Erleichterung an Deck war grenzenlos. Nachdem Katja wieder an Bord des Schiffes war, wurde sie mit aufmunterndem Applaus begrüßt und Trudi und Claudia brachten sie in ihre Kabine. Abgesehen von einem kleinen Schock und einer Unterkühlung, schien es ihr gut zu gehen.

Da der Sturm inzwischen an Stärke zugenommen hatte, blieben die Segel unten und nur der Motor schob das Schiff gegen die tosenden Wellen. Es hatte inzwischen auch heftiger Regen eingesetzt und Blitze erhellten den Nachthimmel. Das Donnern, das kurz nach den Blitzen einen explosionartigen Lärm erzeugte, zeigte an, dass das Gewitter direkt über uns tobte. Stahlseile, die hoch über das Deck gespannt waren, dienten als Blitzableiter. Das Schiff schaukelte so heftig, dass wir uns kaum auf den Beinen halten konnten und wir klammerten uns an den Seilen an der Rehling fest. Der Wind peitschte uns den Regen ins Gesicht. Das Licht an Bord erlosch und kurz darauf erhellte eine schwächere Notbeleuchtung das Schiff. Der Kapitän kam an Deck.

„Der Strom ist ausgefallen", rief Hauke. „Die Pumpen laufen nicht mehr und ich muss ans Steuerrad. Leonhard, komm mit! Bei dem Sturm schaffe ich es nicht allein, das Ruder zu bewegen. Michael, sieh mal zu, ob irgendwo Regenwasser ins Schiff läuft. Dann musst du mit den anderen die Handpumpen bedienen, um das Wasser wieder rauszuschaffen, sonst bekommen wir Schlagseite."

Der Dieselmotor trieb die Schiffsschraube nach dem Ausfall der Bordelektrik nun direkt an. Ohne Antrieb könnte das

Schiff schnell parallel zu den Wellen schwimmen und dann rasch kentern. Aber zum Glück hielt der Motor durch. Der Kapitän rang, unterstützt von Leonhard, mit dem Steuerrad. Hauke sah nun fast aus wie Kapitän Ahab in dem Film Moby Dick, gespielt von Gregory Peck, wie er so gegen den Sturm kämpfte. Fehlte nur noch das künstliche Bein aus Walknochen. Nach einer Stunde ließ der Wind nach und die See beruhigte sich wieder. Matrose Manfred, der auch gleichzeitig Maschinist und Elektriker war, schaffte es, die Bordelektrik wieder zu reparieren und so entspannte sich die Situation auf dem Schiff wieder. Die Pumpen transportierten das eingedrungene Regenwasser rasch wieder außen Bords. Der Kapitän spendierte für jeden ein Schnapsglas voll von seinem persönlichen Rumvorrat und lobt die Mannschaft für ihre gute Arbeit. Gegen Mitternacht verzogen wir uns, bis auf die Wache, in unsere Kojen.

Äquator

Inzwischen wurden die Tage deutlich länger und heißer. Dafür wurden die Phasen der Dämmerung immer kürzer. In wenigen Tagen würden wir den Äquator erreichen. Die See wurde ruhiger und der Wind war fast ganz eingeschlafen, sodass die Solarzellen die Hauptrolle bei der Energieversorgung für den Antrieb übernahmen und nachts die in den Batterien eingefangene Sonnenenergie den Elektromotor zum Drehen brachte.

Trudi hatte schon eine Weile nicht mehr an die Tür meiner Kajüte geklopft und auch Martin vermisste ihre nächtliche Gesellschaft. Vermutlich war sie inzwischen dabei, Glück und Liebe großzügig unter der angestammten Crew zu verbreiten. Martin hatte inzwischen ein Auge auf Monika geworfen. Sie war ein völlig anderer Typ als Trudi. Sie war sehr schüchtern und es war nicht ganz leicht, ihr Vertrauen zu gewinnen. Aber nach einer Weile wurde sie Martin und mir gegenüber aufgeschlossener und offener und man konnte sich gut mit ihr über alles Mögliche unterhalten. Sie träumte davon, ein Hotel an der Küste zu eröffnen und hatte eine Ausbildung zur Hotelfachfrau gemacht. Nach dieser Reise wollte sie eine Stelle an der Rezeption in einem Hotel in Cuxhaven antreten. Eine Zusage hatte sie bereits in der Tasche. Martin war gelernter Koch und bewarb sich schon mal spaßeshalber als Küchenchef in ihrem zukünftigen Hotel. „Vielleicht finden wir auf dieser Reise einen Piratenschatz, Monika. Dann können wir gleich nach unserer Rückkehr irgendwo ein kleines Hotel kaufen und gemeinsam managen. Was hältst du davon?"

„Im Prinzip wäre ich nicht abgeneigt. Aber die Wahrscheinlichkeit, durch so einen Zufall reich zu werden, ist doch verschwindend gering. Luftschlösser sind leider nicht sehr stabil. Ein richtiges Hotel bekommt man nur durch harte Arbeit und Geschäftssinn."

„Wenn die Menschen Pläne machen, lachen die Götter über sie. Irgend etwas kann immer dazwischen kommen und die Träume lösen sich in Nichts auf. Nehmen wir den Sturm neulich. Das hätte auch ins Auge gehen können und wir wären jetzt Fischfutter", gab ich zu bedenken.

„Natürlich kann immer etwas unsere Pläne durchkreuzen. Aber was soll man machen. Wir müssen doch versuchen, den Weg in unsere Zukunft zu organisieren. Wie soll man denn sonst leben?", sah mich Monika fragend an.

„Ich fand den Sturm irgendwie auch beeindruckend. Wie die Blitze so durch den Himmel zuckten, der Donner zum greifen nah war und der Sturm das Schiff zum Schaukeln brachte, da habe ich mich richtig lebendig gefühlt. Sven Plöger hätte vermutlich auch seine tierische Freude an diesem Spektakel gehabt", schwärmte Martin.

„Ich habe mal einen Vortrag von unserem berühmtesten Wetterfrosch im Schlossparktheater in Berlin besucht. Das war interessant und lustig. Er hat, glaube ich, auch etwas Wein dabei konsumiert, um seine Stimme zu ölen. Jedenfalls kam er dann so richtig in Fahrt. Ich habe nach seinem Vortrag einige seiner Bücher gekauft und von ihm signieren lassen, in der Hoffnung, während des Signierens mit ihm ins Gespräch zu kommen. Aber das hat leider nicht gut funktioniert. Ich habe ihm kurz darauf, wie zuvor schon einigen Klimaforschern und anderen Persönlichkeiten, die sich mit dem Thema befassen, einen Brief geschrieben und von meinen Ideen zum Klimawandel berichtet. Aber man bekommt von solchen Berühmtheiten erfahrungsgemäß fast nie eine Antwort", erzählte ich.

„Da hätten sie auch viel zu tun, wenn sie die ganze Fanpost beantworten sollten. Dann kämen sie ja zu nichts anderem mehr", gab Monika zu bedenken.

„Das stimmt natürlich. Ich habe gelesen, dass Blitze, wenn sie im Sand einschlagen, diesen zum Schmelzen bringen. Dann hinterlassen sie im Sand glasartige röhrenförmige Gebilde, die Fulgurite genannt werden. Ich wünschte, ich würde mal so eine Blitzröhre beim Buddeln am Strand finden", erzählte Martin.

„Mein Freund Martin, wenn ich mal so ein Ding finde, bekommst du es von mir als Geburtstagsgeschenk. Versprochen!"

Nach einigen heißen und windstillen Tagen erreichten wir den Äquator. Die Passagiere mussten sich an Deck versammeln und der Tradition folgend, die sogenannte Äquatortaufe über sich ergehen lassen. Wir, die wir den Äquator noch nie überquert hatten, saßen auf Stühlen nebeneinander auf Deck. Ein Matrose hatte sich als Neptun verkleidet und andere spielten seine Gehilfen, in mehr oder weniger geschmackvollen Kostümen. Der Kapitän bekam einen großen Schlüssel überreicht, der ihm symbolisch den Weg in den

Süden aufschließen sollte. Wir wurden mit Rasierschaum eingeseift und bekamen anschließend einen Eimer Meerwasser über den Kopf geschüttet. Dabei wurden uns lustige Taufnamen verpasst. Ich wurde zur runzligen Seegurke ernannt, Katja zum blinden Seepferdchen, Leonhard zum dreiarmigen Kraken, Martin wurde zum scherenlosen Krebs und Monika musste sich als eiserne Auster betiteln lassen. Claudia wurde zum zweiarmigen Seestern und Klaus zum fliegenden Fisch ohne Flossen.

Nach der Zeremonie gab es für uns Urkunden, die unsere Äquatortaufe bescheinigten und es wurde eine Party an Deck veranstaltet. Die Mannschaft stimmte Seemannslieder an, von Hauke auf dem Schifferklavier begleitet, und einige trauten sich sogar, zu der Musik zu tanzen. Es war einer unserer schönsten Tage auf dem Schiff und wir bewahrten ihn wie einen Schatz in unserer Erinnerung.

Piraten

Nach einigen Tagen kamen wir aus der gemäßigten Äquatorzone heraus und die Segel übernahmen wieder ihre Arbeit. Der Guineastrom hatte uns ein Stück weit nach Osten, in den Golf von Guinea abgetrieben. Der einsetzende Südost Passat trieb uns nun zusammen mit dem Süd-Äquatorialstrom wieder nach Südwesten, in Richtung der südamerikanischen Küste.

Kapitän Hauke Hein kam mit seinem Fernrohr an Deck und richtete es nach Norden, Richtung afrikanische Küste. Er hatte einen besorgten Gesichtsausdruck und murmelte „Hoffentlich nicht."

„Was ist los, Kapitän? Grund zur Sorge?", sprach ich ihn an.

„Sieht so aus. Ich habe ein Schnellboot auf dem Radar, das von der Küste kommt und auf uns zuhält. Das Boot ist schon mit dem Fernrohr als kleiner Punkt am Horizont auszumachen und ich habe kein gutes Gefühl dabei."

Hauke verschwand wieder unter Deck. Kurz darauf kam die Durchsage über die Bordlautsprecher, dass wir uns alle auf der Brücke einfinden sollten. Als die ganze Mannschaft und auch alle Passagiere auf der Brücke versammelt waren, hielt der Kapitän eine Ansprache.

„Keine guten Nachrichten. Ich vermute, dass wir gleich

von Piraten angegriffen werden, die mit einem Schnellboot auf uns zuhalten. Wir müssen davon ausgehen, dass sie schwer bewaffnet sind und unser Schiff entern werden. Sie werden versuchen, uns auszurauben und zu entführen, um Lösegeld zu erpressen. Ich habe eben alle Türen und Luken per Fernbedienung mit dem Computer verriegelt. Aber ich glaube, dass sie trotzdem ins Schiff eindringen werden. Jetzt heißt es, Nerven bewahren und beten, dass alles gut geht. Ich habe einen Notruf abgesetzt und Hilfe angefordert, aber es ist kein befreundetes Kriegsschiff in der Nähe, d.h. es kann einige Stunden dauern, bis uns jemand zu Hilfe kommt. Bis dahin müssen wir uns diese Räuber und Vergewaltiger so gut es geht vom Leibe halten. Ich bange um die Jungfräulichkeit meiner keuschen Tochter."

Trudi versetzte ihrem Vater einen Tritt gegen das Schienbein.

„Haben wir denn irgendwelche Waffen an Bord, um uns verteidigen zu können?", fragte Leonhard den Kapitän.

„Ich habe nur eine Pistole im Safe, aber damit können wir nichts gegen die Maschinengewehre und den Sprengstoff der Piraten ausrichten. Ein direkter Kampf wäre Selbstmord. Wir sind hier auf der Brücke eine Zeit lang sicher, weil sie als eine Art Panikraum konstruiert ist, mit massiven Stahlwänden und Türen. Aber mit genug Zeit und Aufwand lässt sich jeder Raum öffnen."

Der Kapitän spendierte zur Beruhigung der Nerven für alle einen Schnaps. „Na, dann Prost Leute! Nicht den Kopf hängen lassen. Wir schaffen das schon."

Nach einer halben Stunde näherten sich die Piraten dem Schiff und kletterten mit Seilen und Strickleitern an Deck.

Wir konnten das Ganze durch die schwenkbaren Kameras, die oben an den Masten angebracht waren, verfolgen. Im Schiff gab es allerdings keine Kameras und so konnte man nur vermuten, was sich dort abspielte. Es waren etwa zehn Männer, einige vermummt, die an Deck kamen und die Eingangstüren mit Brecheisen aufhebelten. Nach wenigen Minuten schleppten sie diverse Kisten und Gegenstände aus dem Schiff auf ihr Boot. Wir verhielten uns ruhig. Die Türen und die Fenster der Brücke waren mit schweren Schotten verschlossen, aber wie lange würden sie einem massiven Angriff, womöglich mit Sprengstoff oder Schweißgeräten standhalten? Plötzlich vernahmen wir Geräusche und Stimmen. Die Piraten schrien und hämmerten gegen die Tür. Man konnte hören, wie sie versuchten, in die Brücke einzudringen. Wir hielten den Atem an und gerieten leicht in Panik. Der Kapitän ging zu seinem Computer und ließ alle Segel herunter, sodass das Schiff langsamer wurde und bald zum Stillstand kam. Er schaltete die Rauchmelder und die Sprinkleranlage ab, startete den Dieselmotor und ließ ihn im Leerlauf drehen, damit die Schiffsschraube nicht angetrieben wurde. Er verringerte die Luftzufuhr für den Motor, sodass durch die nun unvollständige Verbrennung des Dieselkraftstoffs jede Menge Qualm entstand. Danach erhöhte er die Drehzahl bis zum Maximum und leitete den Qualm in das Lüftungssystem des Schiffes, wodurch dichter Rauch das Schiffsinnere ausfüllte. Die Brücke hatte eine separate Lüftung und zudem einen Sauerstoffvorrat. Ein leichter Überdruck auf der Brücke verhinderte das Eindringen des Qualms. Auf den Monitoren konnte man sehen, wie Rauch aus dem Schiff austrat und begann, die Aurora in einen dichten Nebel einzuhüllen. Die Männer verließen mit weiteren Kisten in den Händen das Schiff und machten sich mit ihrem Boot davon. Anscheinend gaben sie sich mit ihrer Beute zufrieden. Wir waren sehr erleichtert, als wir das sahen. Der Kapitän schickte das Schiff wieder auf Kurs und sorgte für frische Luft unter Deck. Vorsichtig verließen wir die Brücke und begutachteten die Schäden. Die Kajüten waren durchsucht worden und es fehlten Bargeld, Notebooks und andere Wertgegenstände. Unsere Handys trugen wir bei uns, da wir Bilder und Videos aufnehmen wollten, und die Ausweise und andere wichtige Dokumente hatte der Kapitän in seinem feuersicheren Tresor aufbewahrt, sodass sie uns erhalten geblieben waren. Die Vorratskammer für die Besatzung war zum großen Teil geplündert worden. Zum Glück blieben der Gefrierraum und auch die Ladung für Scott Base und McMurdo unangetastet. Auch die Fracht für die Kunden in Brasilien blieb zum größten Teil verschont. Nach einigen Stunden erreichte uns ein amerikanisches Kriegsschiff, das unserem Hilferuf gefolgt war. Unser Kapitän berichtete dem amerikanischen Offizier, was vorgefallen war und gab ihm eine Aufzeichnung unserer Videoüberwachung. Dann verließ uns das Kriegsschiff wieder. Der Offizier hatte uns versichert, noch eine Weile in der Nähe zu bleiben, bis wir wieder weit genug von der Küste entfernt wären. Durch die Pflanzenöl-Abgase des Motors roch das Schiff noch einige Tage nach Pommes frites. Wir räumten auf und beseitigten die Schäden an Bord, so gut es ging. Das Schiff war zum Glück gegen solche Vorfälle versichert, sodass wir wohl nicht auf unseren finanziellen Schäden sitzen blieben. So gesehen war das Ganze noch mal gut für uns ausgegangen.

Südamerika

In den folgenden Tagen war das Nahrungsangebot an Bord etwas eingeschränkt, da viele Lebensmittel verschwunden waren. Zum Glück gab es aber noch ausreichend Kaffee und Bier. Wir setzten unsere Fahrt ohne weitere Zwischenfälle fort und erreichten nach einigen Tagen Salvador da Bahia, an der Küste von Brasilien. Wir löschten einen Teil unserer Ladung und nahmen neue Fracht für Antarktika auf, wie Kaffee, Zucker, Tee, Tiefkühlkost, Fahrzeugersatzteile und ersetzten die geraubten Lebensmittel für unsere Verpflegung. Die Forschungsstationen, die wir besuchen wollten, wurden normalerweise per Flugzeug und dem Schiff 'Neue Endeavour' von Neuseeland aus versorgt. Aber es gab dennoch zwischendurch Bedarf an Lebensmitteln, Medikamenten und anderen Gütern, sodass unser Angebot, Waren zu liefern, gern angenommen wurde.

Wir ließen uns vom Brasilstrom entlang der brasilianischen Küste weiter nach Süden tragen, unterstützt vom Südost-Passat, der zwischen Südafrika und dem südlichen Teil von Südamerika in einem riesigen Wirbel gegen den Uhrzeigersinn kreist. In diesem Wirbel sammelt sich viel schwimmender Plastikmüll. Überwiegend gelangt dieses Plastik über die Mündungen der Flüsse in die Meere. Wahrscheinlich stammt es aber auch von Schiffen, die Plastikabfälle über die Meere transportieren und schon mal unbeabsichtigt oder absichtlich etwas ins Wasser fallen lassen. Von diesen riesigen Müllstrudeln gibt es strömungsbedingt fünf Stück auf der Erde, zwei in der nördlichen und drei in der südlichen Hemisphäre.

Diese Müllstrudel muss man sich nicht als dichten Teppich vorstellen, sondern es treiben dort nur mehr Plastikteile durchs Wasser, als in den anderen Teilen der Meere. Etwa ein Plastikteil pro Quadratmeter. Es gibt ein Projekt, das sich mit dem Abfischen des Kunststoffs aus diesen Strudeln befasst und nennt sich „The Ocean Clean Up". Es geht von dem Niederländer Boyan Slat aus, der mit Crowdfunding viel Geld gesammelt hat und nun insbesondere den Müllstrudel, den Great Pacific Garbage Patch, vor der nordamerikanischen Westküste aufräumen will.

Ich war mit Martin und Monika an Deck und half bei den Messungen und Untersuchungen, die von der Aurora freiwillig im Dienst der Wissenschaft und Forschung durchgeführt wurden. Die Matrosen Karl-Heinz, Peter und Knut ließen eine Messsonde zu Wasser und ich fragte neugierig nach.

„Was wird denn mit diesem Gerät gemacht, Karl-Heinz?"

„Wir messen damit verschiedene Sachen. Den Salzgehalt des Wassers, seine Temperatur, den Sauerstoff und CO_2 Gehalt und wieviel Plankton im Wasser schwimmt. Das Gerät ist eigentlich immer unter Wasser und arbeitet automatisch, aber ab und zu muss es gewartet werden. Wir sind hier gleich fertig, dann könnt ihr beim Pastikfischen mithelfen."

„Hoffentlich gibt es das dann nicht zum Abendessen", witzelte Martin.

Wir brachten zusammen mit Karl-Heinz, Peter und Knut

einige Netze am Heck des Schiffes ins Wasser und ließen sie eine Weile sammeln. Dann holten wir sie wieder ein und untersuchten unseren Fang.

„Wir zählen die Stücke und sortieren sie nach ihrer Größe. Dann tragen wir das Ergebnis in eine Liste ein. Das ist leider nicht so aufregend, aber wichtig für die Forschung, um eine Übersicht über die Plastikverschmutzung zu erhalten. In ein paar Jahren soll angeblich mehr Plastik in den Meeren rumschwimmen als Fische", erklärte Knut.

„Weil es dann weniger Fische oder weil es mehr Plastik im Wasser gibt?", fragte Monika.

„Beides, glaube ich. Die ganz kleinen Teile werden oft von Fischen gefressen und landen dann wieder bei uns auf dem Teller. Größere und stabilere Stücke werden von Seepocken und Entenmuscheln bewachsen und sinken dann auf den Meeresboden, wo sie im Sediment dauerhaft eingeschlossen werden. Ich glaube, das ist besser, als wenn man das Zeug aus den Meeren fischt und verbrennt, weil dann CO2 freigesetzt wird. Das meiste kann ohnehin nicht wieder verwendet werden. Der Plastikmüll sollte einfach nicht im Meer landen."

„Wir werden gleich noch eine Driftboje zu Wasser lassen, die automatisch Daten für den Deutschen Wetterdienst sammelt. Der Kapitän weiß schon Bescheid und hat die Segel eingeholt. Das Schiff muss dabei möglichst still stehen", erklärte uns Peter.

Nachdem die Boje im Wasser war, fuhren die Segel wieder nach oben und das Schiff nahm erneut Fahrt auf. Wir gingen unter Deck und machten Teepause in der Messe. Claudia und Klaus saßen an einem Tisch, tranken Tee und aßen Kekse.

„Dürfen wir uns zu euch setzen?“, frage Monika.

„Natürlich gern“, erwiderten die beiden. Ich besorgte den Tee für uns. Martin und ich nahmen ihn mit Zucker und Katja trank ihn lieber pur.

„Seid ihr eigentlich verheiratet?“, frage Monika.
Claudia war schneller und antwortete.

„Noch nicht, aber ich rechne insgeheim damit, dass er mir noch vor meinem fünfzigsten Geburtstag einen Antrag macht. Ich werde nächstes Jahr dreißig und bin ein geduldiger Mensch.“

„Was macht ihr beruflich?“, bohrte Monika weiter. Diesmal hatte Klaus die flinkere Zunge.

„Ich bin Gymnasiallehrer und unterrichte Physik und Mathematik. Meine Verlobte und baldige Ehefrau ist auch Lehrerin und unterrichtet an einer Grundschule Deutsch und Rechnen. Es ist manchmal nicht so ganz einfach mit den Kindern und jungen Erwachsenen, aber bisher haben wir unsere Berufswahl noch nicht bereut.“

Ich konnte mir nicht verkneifen, von einer meiner Ideen zu erzählen.

„Während der Coronazeit und den geschlossen Schulen habe ich mir Gedanken über unser Bildungssystem gemacht. Nicht nur, dass unsere Schulen oft in einem schlechten baulichen Zustand sind, ist ein Problem, sondern auch der Lehrermangel und die dadurch bedingten Unterrichtsausfälle.

Zur Ergänzung des Schulunterrichts, könnte ich mir virtuellen Schulunterricht vorstellen. Man bekommt einen virtuellen Körper, einen Avatar, und geht mit diesem in eine virtuelle Schulklasse. Dort sitzen die virtuellen Mitschüler, die man vom echten Schulbesuch kennt und die ihren realen Vorbildern ähneln. Man kann sich auch ganz normal mit ihnen unterhalten.

Der Lehrer hält dann seinen Unterricht ab und entweder ist das ein echter Mensch, der live zu Hause am Computer unterrichtet oder wenn kein Lehrer verfügbar ist, dann hält ein computergenerierter Lehrer den Unterricht ab, oder es wird einfach nur ein vorgefertigtes Unterrichtsprogramm abgespielt, ein Lehrfilm eben.

Wenn ein virtueller Lehrer, der von einer künstlichen Intelligenz geschaffen wird, den Unterricht abhält, dann kann man diesem auch Fragen stellen und er sollte sie dann auch beantworten können. Dieser Lehrer kann auch einzelne Schüler ansprechen und prüfen, wie beim richtigen Unterricht. Der Lehrstoff und die Art der Präsentation könnten in einem landesweiten Gemeinschaftsprojekt optimiert werden. Auch Privatgespräche zwischen einzelnen Schülern sind in den Pausen möglich, ohne dass jemand anderes mithören kann. Von Universitäten könnten Vorlesungen live oder als Aufzeichnung im Internet für alle Studenten zugänglich gemacht werden."

„Solange wir echten Lehrer dadurch nicht arbeitslos werden und das Ganze nur eine Ergänzung ist, habe ich nichts dagegen. Dann könnte ich auch mal im Sommer an die See fahren und von dort aus unterrichten. Aber echten Schulunterricht sollte es im Zukunft auch schon noch geben. Es geht doch nichts über persönliche Kontakte und bei den Prüfungen sollten die Schüler ohnehin leibhaftig anwesend sein. Aber ja, während der Corona Pandemie wäre so eine virtuelle Schule schon eine sinnvolle Sache gewesen", erwiderte

Klaus.

„Ich möchte dich nicht enttäuschen, Michael, aber so eine virtuelle Schule gibt es in Japan schon eine ganze Weile. Aber der Grund dafür war nicht Corona, sondern dass sich einige Schüler dem Mobbing in der realen Schule entziehen wollten und deshalb gar nicht mehr zum Unterricht gingen. Das ging so weit, dass sie ihr Zimmer gar nicht mehr verlassen haben. Inzwischen besuchen sie eine virtuelle Schule und treffen sich dort mit ihren Freunden und anderen Mitschülern. Sie bauen sich ihren eigenen Avatar am Computer zusammen, der ihnen nicht ähneln muss, sondern sich an den Figuren aus Anime Filmen oder Manga Comics orientiert. Die Jungen können dort auch als weiblicher Avatar auftreten und die Mädchen als männliche Figuren. Sie haben beim virtuellen Schulbesuch eine VR Brille auf und bewegen sich die ganze Zeit in dieser künstlichen Welt. Ob es da auch Mobbing gibt, weiß ich nicht, aber dann kann man ja in einen neuen Avatar schlüpfen oder die virtuelle Schule wechseln. Die Schüler sind anscheinend sehr zufrieden damit“, erzählte Claudia.

„Davon habe ich wirklich noch nichts gehört, aber das ist interessant. Dann war meine Idee anscheinend ja nicht so verkehrt, aber leider nicht neu. Man soll sich eben nie für besonders originell halten. Ich denke, so etwas sollte es auch für Schüler in Deutschland geben. An vielen Schulen bei uns gibt es ein Problem mit Gewalttätigkeit und Schikanen und man sollte den Besuch einer virtuellen Schule mit einer realen Schule gleichsetzten. Wichtig ist doch, dass es den Schülern gut geht und sie etwas lernen. Sie sollen sich beim Lernen wohl fühlen, keine Angst haben oder Depressionen entwickeln und vielleicht sogar aus Verzweiflung in den Selbstmord getrieben werden.

Wenn ich in der Coronazeit Kanzler gewesen wäre, dann hätte ich diese Einschränkungen der Bürger nicht veranlasst, sondern hätte mehr auf Eigenverantwortung gesetzt, so wie in Schweden. Man kann den Leuten doch glasklar die Gefahren durch das Virus erklären und dass sie Menschenansammlungen vermeiden und möglichst zu Hause bleiben sollen. Aber ich hätte weder Schulen geschlossen, noch Fußballspiele oder Konzerte verboten oder Geschäfte geschlossen. Der Schulbesuch wäre allerdings freiwillig gewesen. Jeder hätte über die Risiken Bescheid gewusst und wer trotzdem unter Leute gehen wollte und das Risiko zu erkranken bewusst in Kauf genommen hätte, der hätte das machen dürfen. Auch beim Impfen hätte ich keinerlei Zwang ausgeübt. Wer dann krank geworden und vielleicht sogar gestorben wäre, hätte das dann selbst zu verantworten gehabt. Dann wären vermutlich viel mehr Leute gestorben, insbesondere Impfskeptiker und Querdenker. Aber der wirtschaftliche und politische Schaden, insbesondere was die Stärkung der rechten und radikalen Kreise angeht, ist meiner Meinung nach durch diese restriktiven Maßnahmen immens", sagte ich und Martin ergänzte:

„Das klingt jetzt vielleicht hart, aber die Regierung muss doch das Wohl des ganzen Landes im Blick behalten. Wenn z.B. es den Bewohnern der Altenheime und ihren Angehörigen selbst überlassen gewesen wäre, ob sie weiterhin Kontakt miteinander haben oder nicht, auch mit dem Risiko zu sterben, dann wären mehr alte und gebrechliche Leute gestorben. Dies wäre eine Entlastung für die Pflegeeinrichtungen, Altenheime, das Gesundheitssystem und das Rentensystem gewesen. Das kann man zynisch oder unmenschlich nennen. Aber angesichts des Pflegenotstands wäre es eine Entlastung für die Gesellschaft gewesen und die Leute hätten selbst so entschieden und hätten das Risiko bewusst gewählt, lieber etwas früher zu sterben, als etwas später und in der Zwischenzeit zu vereinsamen und vielleicht allein zu sterben."

„Was wird wohl bei der nächsten Pandemie passieren? Ich vermute, dass die Regierungen die gleichen harten Einschränkungen politisch und auch finanziell dann nicht mehr durchhalten werden. Die Bevölkerung hätte in absehbarer Zeit auch nicht mehr die Nerven dazu", ergänze Monika.

„Ich frage mich, ob die Menschen, die durch die Impfungen chronisch krank geworden sind, nicht auch ohne Impfungen durch das Virus ähnlich oder noch schlimmer chronisch krank geworden wären, weil sie weder die Impfstoffe noch das Virus gut verkraften konnten. Das wird man nie erfahren. Die meisten Menschen hat weder das eine noch das andere schwer krank gemacht. Hoffen wir mal, dass die nächste Seuche noch lange auf sich warten lässt. Ich befürchte aber, dass sich durch den Klimawandel immer mehr Krankheiten auch in nördlichere Regionen ausbreiten, wie z.B. Malaria. Ich denke, da wird es noch einige unliebsame Überraschungen geben", sagte Claudia.

„Wir müssen dringend was gegen diese Erderwärmung machen, insbesondere mehr alternative Energien nutzen. Wir haben uns neulich so ein Balkonkraftwerk zur Stromerzeugung angeschafft. Man kann schon selbst was tun, wenn man nur will", erklärte Klaus.

„Ja sicher, aber der Staat könnte auch noch mehr Phantasie entwickeln. Ich würde die CO2 Steuer kontinuierlich erhöhen, aber das Geld dann nicht im Staatssäckel verschwinden lassen, sondern ich würde mit diesen Einnahmen riesige Solar- und Windparks errichten und die Einnahmen aus dem Stromverkauf an alle Staatsbürger zu gleichen Anteilen auszahlen. Jeder bekommt dann monatlich seinen Anteil aus den Stromerlösen und je mehr Anlagen gebaut werden, desto mehr Geld hat jeder regelmäßig in seiner Tasche. Das würde die Akzeptanz der CO2 Steuer und auch der alternativen Energieerzeugung enorm verbessern. Ich finde, es wäre sehr wichtig, dass wirklich jeder Staatsbürger diese Erlöse aus der CO2 Steuer erhält, auch die Superreichen, die es nicht nötig haben. Aber es wären ja auch keine großen Beträge und für Reiche kaum mehr als ein Trinkgeld. Aber es schafft trotzdem irgendwie ein Gemeinschaftsgefühl, mit einer gleiche Teilhabe an diesem gesellschaftlichen Projekt beteiligt zu sein und man sollte es nicht durch unterschiedliche Zahlungen je nach Einkommen verwässern und es sollte auch nicht durch geringere Einkommenssteuer oder ähnliches ausgezahlt werden, sondern gut sichtbar durch monatliche Überweisungen. Das Geld sollte auch nicht in Investitione für Umweltschutzmaßnahmen für Firmen oder ähnlichem verschwinden, wo es für die Bürger nicht unmittelbar spürbar ist", erzählte ich.

„Für unser überlastetes Gesundheitssystem hätte ich auch noch einen Verbesserungsvorschlag. Jeder Bürger bekommt vom Staat ein jährliches Budget von z.B. hundert Euro und zahlt bei jedem Besuch beim Haus- oder Facharzt zwanzig Euro, die der Arzt dann direkt behalten darf, zusätzlich zu seinem regulären Honorar. Für Behandlungen im Krankenhaus sind dann dreißig Euro fällig. Wer sein Budget nicht ausschöpft, kann das restliche Geld behalten und wer häufiger zum Arzt geht, muss das Geld dann selbst bezahlen. Dann würden die Leute nicht bei jeder Kleinigkeit zum Arzt gehen oder sogar ins Krankenhaus", schlug Claudia vor. Klaus hatte noch eine Idee zur Entlastung unseres Sozialsystems.

„Der Staat sollte Sozialhilfe nur an solche Menschen bezahlen, die entweder zu alt oder körperlich nicht in der Lage sind, zu arbeiten. Wer noch im arbeitsfähigen Alter ist, aber dank ärztlicher Bescheinigung nicht arbeiten kann, der sollte tagsüber für acht Stunden in geeigneten Einrichtungen betreut und beschäftigt werden. Das verhindert das Schwarzarbeiten bei gleichzeitigem Bezug von Sozialhilfe oder Bürgergeld. Wer tatsächlich arbeiten will, aber keine Arbeit findet, der bekommt ein Arbeitsangebot vom Staat. Er kann öffentliche Grünanlagen pflegen, Müll sammeln, in Behörden aushelfen oder eine andere gemeinnützige Arbeit ausführen. Sie wären keine Angestellten von privaten Firmen und sollten möglichst auch keine Konkurrenz für private Firmen darstellen, sondern zusätzlich geschaffenen Jobs erledigen, für die es keine private Nachfrage gibt und für die der Staat auch sonst keine Aufträge an Firmen vergeben würde.

Diese Jobs wären geringer bezahlt, als der gesetzliche Mindestlohn, um einen Anreiz zu bieten, sich eine Arbeit auf dem regulären Arbeitsmarkt zu suchen. Aber jeder wüsste, dass er nicht verhungern muss, weil er keine Arbeit findet und hätte jederzeit ohne Anträge und Formalitäten sofort Anspruch auf eine bezahlte Tätigkeit, auf Wunsch mit täglicher

Barauszahlung. Besser ein geringer Stundenlohn, als gar keiner und man könnte mehr Stunden arbeiten, um trotzdem ein auskömmliches Einkommen zu erzielen. Das bedeutete für jeden Arbeitswilligen mehr Würde und wirtschaftliche Sicherheit im Notfall.

Auch wer eine gut bezahlte Arbeit hat und eigentlich kein weiteres Geld braucht, wie ein Steuerberater oder unser Bundeskanzler, der aber etwas körperlichen Ausgleich für seine meist sitzende Tätigkeit sucht, könnte ohne Prüfung und Fragen gestellt zu bekommen, einfach zu einer staatlichen Tagelöhnerstelle gehen, arbeitet ein paar Stunden zu einem relativ geringen Stundenlohn, der zum Beispiel um ein Drittel geringer ist, als der gesetzliche Mindestlohn oder vielleicht sogar nur die Hälfte des Mindestlohnes beträgt, und bekommt am Ende des Arbeitstages seinen Lohn bar auf die Hand. Wenn es gerade keine sinnvolle Arbeit zu tun gibt, dann muss er z.B. einen Haufen Sand mit der Schaufel auf eine andere Stelle umschaufeln. Hauptsache er macht irgend etwas. Wenn er aus Bequemlichkeit kaum Sand bewegt, wird ihm zur Strafe ein Euro pro Stunde weniger bezahlt. Bei diesen Jobs gibt auch keine Begrenzung der Arbeitszeit. Jeder darf so lange arbeiten wie er will oder kann."

Wir hatten unseren Tee ausgetrunken und verabschiedeten uns wieder von den Pädagogen. Die Aurora erreichte Dank kräftigem Rückenwind nach einigen Tagen die Küste von Uruguay. In Montevideo legten wir einen kurzen Zwischenstopp ein und bunkerten neuen Biodiesel.

Antarktika

Der Südost-Passat blies in unsere Segel und trug uns weiter nach Süden. Bald gelangten wir in den Einflussbereich des starken Westwindes um die Antarktis und des Zirkumpolarstromes, die uns zügig in östlicher Richtung um die Antarktis trieben. Der Zirkumpolarstrom, die starke Meeresströmung um die Antarktis, wird auch Eisberg-Allee genannt.

In die entgegengesetzte Richtung zu fahren, durch die Drake Passage, zwischen Kap Hoorn und der Antarktischen Halbinsel hindurch, wäre für uns ein kaum zu bewältigendes Abenteuer gewesen.

Entlang der Packeisgrenze und zwischen treibenden Eisbergen und Eisschollen hindurch, erreichten wir sechs Wochen nach unserer Abreise in Bremerhaven unser Ziel, die Ross-Insel.

Wir hatten unsere baldige Ankunft über das Funkgerät angekündigt und eine kleine Begrüßungsdelegation erwartete uns am Anleger der McMurdo Station auf der Hut Point Halbinsel. Die Stationsleiter von McMurdo und Scott Base hießen uns persönlich willkommen und luden die gesamte Mannschaft zu Tee und Kuchen ein. Nach einem ausführlichen Gespräch über unsere abenteuerliche Fahrt und die Aktivitäten auf den Forschungsstationen, kam auch unser Anliegen mit den Holzfiguren zur Sprache.

„Ich finde ihre Aktion interessant, aber ich habe noch nicht ganz begriffen, was sie damit bezwecken“, sagte der Stationsleiter der Scott Base und ich bemühte mich um eine verständliche Erklärung.

„Wir haben die Idee, möglichst viel Holz in die Antarktis zu bringen, weil Holz Kohlenstoff enthält und hier in der Antarktis wie in einem eisigen Tresor geschützt und für lange Zeit vor Verbrennung und Verrottung bewahrt bleibt. Dadurch kann weniger von dem Treibhausgas Kohlendioxyd zurück in die Atmosphäre gelangen und so wird auch das Eis der Antarktis vor dem Schmelzen durch die globale Erwärmung bewahrt. Die Holzfiguren stehen nur symbolisch für die Idee und sollen helfen, auf die Möglichkeit aufmerksam zu machen. Deshalb drehen wir auch einen Film über die Reise und machen Fotos. So wollen wir die Idee publik machen.“

„Da haben sie sich ja was ausgedacht. Es werden jährlich vierzig Milliarden Tonnen CO2 in die Atmosphäre geblasen, d.h. man müsste jedes Jahr vierzig Milliarden Kubikmeter Holz zum Südpol schaffen, um diese Emissionen auszugleichen. Das wären vierzig Holzwürfel, oder Holzberge, mit einer Kantenlänge von einem Kilometer. Wächst überhaupt so viel Holz jedes Jahr auf der Erde nach? Und wie wollen sie das alles hierher transportieren und wer soll das alles bezahlen? Abgesehen davon, dass hier viele Nationen, die auf der Antarktis vertreten sind, ihre Zustimmung geben müssten“, antwortete der Scott Base Stationsleiter.

„Ich vertraue auf die Klugheit der Menschen und erwarte, dass bald deutlich weniger fossile Brennstoffe genutzt werden und die Energieversorgung der Menschheit von Sonne und Wind übernommen wird. Man müsste also deutlich weniger Emissionen ausgleichen. Außerdem gibt es ja noch viele andere Projekte, die sich mit negativen Emissionen, also nicht schlechten sondern minus Emissionen, dem Entfernen von CO_2 aus der Atmosphäre, beschäftigen. Die Finanzierung würde über CO_2 Zertifikate erfolgen. Den Transport könnten riesige Containerschiffe erledigen, die massive Holzblöcke im Containerformat tragen. Ein modernes Containerschiff kann bis zu zwanzigtausend Container mit einer Fahrt transportieren. Der Antrieb der Schiffe könnte mit Holzgas erfolgen, das in großen Holzvergasern an Bord erzeugt würde. Man müsste also einen Teil der Ladung, vielleicht zehn Prozent des Holzes, für den Antrieb opfern. Die Holzcontainer würden dann auf große Schlitten geladen und von Raupenfahrzeugen gezogen.

Die Fahrzeuge würde man ebenfalls mit Holzgas betreiben und so einen weiteren Anteil des Holzes verbrauchen. Auf der Route von Scott oder Amundsen, über das Ross-Schelfeis und über Gletscher durch das Transantarktische Gebirge, könnte das Holz dann in die Nähe des Südpols gebracht werden. Auch wenn fünfzehn oder zwanzig Prozent des Holzes durch den Transport verbraucht würden, würde immer noch genügend davon übrig bleiben, damit sich das Ganze lohnt. Ob sich die Idee politisch durchsetzen lässt, vermag ich nicht zu beurteilen. Ich denke aber, dass die meisten Länder kein Interesse daran haben, dass die Antarktis durch die Erderwärmung abschmilzt und U-Boote durch die Straßen ihrer Küstenstädte fahren können. Auch wenn die gesamte Energieversorgung irgendwann mit Solar- und Windenergie erfolgen sollte, müsste trotzdem viel Kohlendioxyd wieder aus der Atmosphäre entfernt werden, weil sonst die durchschnittliche Temperatur auf der Erde für viele Jahrhunderte zu hoch bleiben würden. Der Abbau des CO_2 auf natürlichem Weg, wie beispielsweise durch Gesteinsverwitterung oder dem Anhäufen von Torf in den Mooren, würde viel zu lange dauern. Wir müssen schnell wieder auf eine Kohlendioxyd-Konzentration von unter 350 ppm."

„Dann würde es hier ja einen regen Schiffsverkehr geben. Aber meinetwegen. Meinen Segen haben Sie und mein Kollege von der Scott Base sieht das bestimmt auch so. Außerdem könnte das Holz ja auch von verschiedenen Stellen der Antarktisküste zum Südpol gebracht werden und nicht nur von hier aus. Unsere Stationen sind in den Sommermonaten komplett ausgebucht, weil sich hier Forscher aus allen Nationen einquartieren. Wir können ihnen deshalb an Land keine Betten anbieten, aber wahrscheinlich schlafen sie ohnehin lieber auf ihrem Schiff", sagte der Leiter der McMurdo Station.

„Das geht schon in Ordnung. Ich würden dann gern bald mit dem Löschen der Ladung beginnen. Da die beiden Stationen nur ein paar hundert Meter voneinander entfernt sind, kann doch bestimmt alles hier abgeladen werden. Wo dürfen wir denn die Holzfiguren aufstellen und ist es erlaubt, hier im Camp und der Umgebung zu filmen?", fragte unser Kapitän.

"Natürlich dürfen sie Bilder oder Filme machen. Wir freuen uns, wenn etwas über unsere Arbeit an die Öffentlichkeit gelangt. Schließlich werden wir von Steuergeldern finanziert. Die Holzfiguren dürfen sie in den Hügeln hinter unserer Station aufstellen. Die Lieferung für jede Station bitte separat abladen. Wir holen unsere Sachen dann selbst ab“, sagte der Scott Base Stationsleiter.

„Prima, dann wollen wir Sie jetzt nicht länger aufhalten und machen uns an die Arbeit. Bis später!“

Wir brachten die Ladung für die Stationen an Land und transportierten dann die Figuren in die Hügel hinter der Scott Base, in Sichtweite des Observation Hill. Auf diesem Observation Hill, dem Beobachtungshügel, wurde für Scott und seine Begleiter, die bei der damaligen Terra Nova Südpolexpedition ums Leben kamen, ein Denkmal in Form eines Kreuzes errichtet.

Leonhard, Katja, Martin und ich setzten die hölzernen Nachbildungen der fünf Teilnehmer der britischen Expedition, Scott, Wilson, Bowers, Oates und Evens, sowie zwei Ponys und zwei Pinguine in Szene und Trudi, Monika, Claudia und Klaus brachten die Teilnehmer der Amundsen Expedition, fünf Schlittenhunde und zwei Robben in Position. Davor stellten wir noch ein Hinweisschild auf, das die Aktion erklärte und schließlich machten wir ein Foto von uns, inmitten der ganzen Figuren.

Nach dem Abendessen zogen wir uns in unsere Kajüten zurück und gingen dann bald schlafen. Wir orientierten uns bei unserer Nachtruhe an den Zeiten von zu Hause, denn es wurde ja in dieser Jahreszeit, dem antarktischen Sommer, den ganzen Tag nicht dunkel.

Trudi ging nach dem Abendessen noch mal an Land und fand dort wohl auch ein Bett zum schlafen. Sie hatte zuvor heftig mit einem der Wissenschaftler geflirtet und so konnte man vermuten, dass die beiden sich ein Bett teilten. Und so brachte Trudi Glück und Liebe auch in diesen abgelegenen

Teil der Welt. Die nächsten zwei Tage tobte ein heftiger Schneesturm und wir konnten das Schiff nicht verlassen. Als der Sturm nachließ, verabschiedeten wir uns und machten uns auf den Rückweg.

Heimreise

Nachdem wir das Ross Meer verlassen und die Treibeisgrenze hinter uns gelassen hatten, wurden wir wieder von der Westwind-Drift erfasst und segelten zügig Richtung Norden, wo uns der Südost-Passat aufnahm und wir mit dem Humboldt-Strom die südamerikanische Westküste entlang fuhren. Wir ließen Städte wie Punta Arenas, Puerto Montt und Conception hinter uns machten in Valparaiso, in der Nähe von Santiago, einen Zwischenstopp, um neuen Biodiesel zu tanken und Wein und Tabak als Handelsgüter an Bord zu nehmen. Ich stand an Deck und beobachtete den Ladevorgang. Dabei kam ich mit Susanne ins Gespräch, die auch zur Stammbelegschaft gehörte.

„Wie bist du mit der Reise bisher zufrieden, Susanne?"

„Sehr. Ich bin schon auf drei Fahrten mit dem Schiff dabeigewesen und sie waren alle schön. Natürlich sind wir da andere Strecken gefahren, aber diese Tour war bisher die schönste und interessanteste. Na gut, auf die Piraten hätte ich gern verzichtet, aber sonst möchte ich die Zeit nicht missen."

„Da kann ich dir nur zustimmen. Ich weiß noch nicht, wie es mit mir nach der Reise weitergeht. Ich habe meinen Job als Zusteller gekündigt und unser Kapitän hat mir eine Stelle als Matrose hier auf dem Schiff in Aussicht gestellt. Ich möchte auf gar keinen Fall in meinen alten Job zurück, aber ehrlich gesagt, kann ich mir eine langjährige Arbeit auf einem Schiff auch nicht vorstellen. Vielleicht mache ich was ganz anderes. Wie sieht das bei dir aus? Bleibst du langfristig bei der Seefahrt?"

„Ich glaube, ich mache noch ein bis zwei Jahre auf diesem Schiff weiter und werde mir dann auch was anderes suchen. Ich interessiere mich für die Geschichte der Seefahrt. Vielleicht schreibe ich mal ein Buch darüber. Das würde mir schon Spaß machen. Und dann könnte ich mir vorstellen, zu reisen und dann die Reiseberichte an Zeitschriften zu verkaufen. Da könnte man von unterwegs arbeiten und reist zu den interessantesten Orten auf der Welt, natürlich auch per Schiff. Aber das ist dann ein anderes arbeiten, als so ein Job als Matrose."

„Klingt gut, auch die Idee mit dem Buch. Wenn man sich mal überlegt, wie die Seefahrer früher zurechtkommen mussten, dann kann man für die moderne Navigation nur dankbar sein. Die konnten sich doch gar nicht richtig auf dem Meer orientieren und mussten nur mit Kompass, Sonne und den Sternen navigieren. Später hatten sie dann den Sextanten, um den Breitengrad genauer zu ermitteln, aber den Längengrad konnten sie erst relativ spät herausfinden, als dieser geniale Uhrmacher John Harrison das Schiffschronometer oder die Längenuhr erfunden hat. Mit dieser genauen Uhr und dem Sextanten konnten sie dann ihre genaue Position auf der Welt herausfinden. Wenn ich einen Globus in vierundzwanzig Längengrade von jeweils fünfzehn Grad unterteile, also für jede Stunde des Tages ein Längengrad, und ich ermittle die Mittagszeit an Bord dadurch, dass die Sonne ihren höchsten Punkt am Horizont erreicht hat, dann zeigt mir der Blick auf das Chronometer, dass es in Greenwich in London z.B. zwölf Uhr nachts ist. Dann weiß ich, dass es noch zwölf Stunden dauert, bis sich die Erde zu der Position gedreht hat, auf der Greenwich jetzt gerade ist. Ich bin also zwölf Stunden oder zwölf mal fünfzehn Grad, gleich hundertachtzig Grad von Greenwich entfernt. Mit der Bestimmung des Breitengrades weiß ich dann, wo auf dem Globus ich gerade bin. Wenn ich mich in der Nähe vom Äquator befinde, dann bin ich im Pazifik, in der Nähe von Kiribati."

„Ich hätte es nicht besser erklären können. Die traditionelle Navigation steht demnächst auf unserem Lehrplan. Vielleicht solltest du dich als Lehrer anbieten. Aber zu meinem perfekten Glück brauche ich dann natürlich noch möglichst genaues Kartenmaterial. Sonst bringt mir das Ganze nichts. Und es hat ja auch viel Mühe gekostet, bis die Menschen das zusammen hatten."

„Allerdings. Wenn ich damals in der Antike, im alten Griechenland gelebt hätte, dann hätte ich zusammen mit meinen befreundeten Philosophen schon prima Karten erstellt. Beim Lagerfeuer sitzend hätte ich bemerkt, dass heiße Luft nach oben steigt, weil kleine Aschepartikel vom Feuer nach oben getragen werden. So hätte ich damals schon den Heißluftballon erfunden. Damit hätte ich mich dann, durch Seile gesichert, in große Höhen tragen lassen und von da die Küstenlinien nachgezeichnet. Und dann das Gleiche vielleicht zehn Kilometer weiter. So könnte man sich ohne große Landvermessungsaktionen nach und nach eine genaue Landkarte zusammenstellen."

„Tja, aber leider hast du nicht in der Antike gelebt und

musst nun deine Kreativität in der Gegenwart versprühen. Ich werde jetzt mal lieber unter Deck gehen und beim Verstauen der Ladung helfen. Schließlich sollen die anderen die ganze Arbeit nicht allein machen. Danke für das interessante Gespräch und bis später!"

„Ich fand es auch schön, mal mit dir zu sprechen, Susanne. Ich werde in der Kombüse erwartet und soll dort heute mithelfen. Bis später!"

Nachdem die Ladung verstaut war, durften wir noch ein paar Stunden an Land verbringen. Martin, Leonhard, Katja und ich gingen in ein Kaffee am Hafen und machten dann noch einen kleinen Einkaufsbummel in den Geschäften in der Nähe. Ich besorgte mir einen Panama Hut, ein paar gute Zigarren und einige Flaschen Wein als Andenken für zu Hause. Nach einer Nacht im Hafen, legten wir mit dem Sonnenaufgang wieder ab und setzten unsere Reise nach Norden fort. Zwei Tage später erreichten wir die Atacama, die trockenste Wüste der Welt, und passierten die Stadt Antofagasta. Tags darauf segelten wir an Iquique vorbei. Ich stand mit einem Becher Kaffee in der Hand an Deck, genoss die Morgenstimmung und sah mir den Hafen von Iquique aus der Ferne an. Martin gesellte sich zu mir.

„Guten Morgen, Michael. Gut geschlafen?"

„Ja, danke der Nachfrage. Und selbst?"

„Geht so. Ich habe mich in Monika verliebt, aber ich weiß nicht, ob ich bei ihr landen kann. Sie wirkt mir gegenüber etwas reserviert. Ich weiß nicht, was ich machen soll. Vielleicht sollte ich es ihr mal direkt sagen, aber ich will sie auch nicht verschrecken. Das Problem hält mich im Moment nachts lange wach."

„Das kann ich nachvollziehen. Sie ist eben etwas schüchtern. Vielleicht solltest du sie weiter charmant umwerben und ihr mehr Zeit geben. Oder soll ich sie mal aushorchen, was sie von dir hält?"

„Nein, lieber nicht. Wovon leben die Menschen eigentlich in dieser Stadt? Da scheint ja ein reges Treiben im Hafen zu herrschen. Und wieso gibt es hier eigentlich kaum Pflanzen?"

„Na, weil das eine Wüste ist. Wir sind hier am südlichen Wendekreis. Die feuchte Luft, die am Äquator aufsteigt, sinkt hier wieder ab. Aber inzwischen hat sich die Luftfeuchtigkeit unterwegs abgeregnet und hier kommt nichts mehr davon an. Im Osten sind die bis über sechstausend Meter hohen Anden, und die lassen keine Wolken aus dieser Richtung bis hierher kommen.

Die Anden sind übrigens ein Teil der Kordilleren, ein Faltengebirgssystem, das sich an der Westküste von Amerika von Alaska bis Feuerland erstreckt.

Außerdem fließt hier der Humboldtstrom die Küste entlang, der kaltes Wasser aus der Antarktis bis hierher transportiert. Das kalte Wasser verdunstet kaum, kühlt aber die Luft ab und der kalte Wind, der an Land weht, sorgt für eine Inversionswetterlage, weil er die warme Luft nach oben verdrängt. So können sich keine Wolken bilden, nur Nebel. Hier gibt es Gebiete, in denen es schon ein paar Millionen Jahre nicht mehr geregnet hat."

„Klingt nicht sehr einladend. Kalt und trocken. Tourismus dürfte es hier schwer haben."

„Etwa alle vier Jahre gibt es hier das El Niño Ereignis. Dann wechselt der Südost-Passat aus irgendwelchen Gründen die Richtung oder schwächt sich zumindest ab. Jetzt ist Anfang Dezember 2024. Vor einem Jahr um diese Zeit war das Wasser vor der Westküste von Südamerika einige Grad wärmer und der Humboldt-Strom versiegte fast ganz. Normalerweise drückt der Südost-Passat das warme Wasser von der Küste weg, wodurch kaltes nährstoffreiches Wasser aus den Tiefen des Meeres, aber auch aus der Antarktis an die Küste gelangt. Dieses kalte und nährstoffreiche Wasser sorgt für ein reichhaltiges Fischvorkommen, wovon Menschen und Fisch fressende Tiere profitieren. In El Niño Jahren gibt es hier kaum Fische und Mensch und Tier leiden. Außerdem sorgt das warme Wasser vor den Küsten für starke Verdunstung, und feuchte Luftmassen und Wolken gelangen bis zu den Anden, wo sie dann abregnen und zu teils verheerenden Überschwemmungen im Land führen, weil der trockene Boden das Wasser nicht aufnehmen kann. El Niño hat weltweite Auswirkungen auf das Wetter.

Es gibt hier einen regen Handel mit gebrauchter oder unverkäuflicher neuer Kleidung aus den USA und Europa. Die werden hier günstig ihre überschüssigen Klamotten los und die Einheimischen verdienen an den noch guten Stücken. Den Rest, ich glaube vierzig bis fünfzig Tausend Tonnen jährlich, karren sie in die Wüste und wenn die Kleiderberge zu hoch werden, fackeln sie die dann ab. Das Kohlendioxyd lässt grüßen."

„Zustände wie im alten Rom. Kaiser Nero hätte seine Freude daran. Kann man da nichts gegen machen? Das ist doch nicht gut für die Umwelt."

„Wenn die Leute schlau wären, würden sie aus dem Abfall ein gutes Geschäft machen. Die Kleidung besteht doch zum größten Teil aus Kohlenstoff, genau wie Holz. Die brauchten die alten Sachen doch nur ordentlich verpacken, z.B. zu Ballen mit je einer Tonne Kleidungsstücke, und diese dann mit einer aufgedruckten Kontrollnummer auf Deponien tief im Wüstenboden vergraben. Damit ließe sich doch ein lukrativer CO_2 Zertifikate Handel betreiben. Fünfzig bis hundert Euro pro Tonne müssten da drin sein.

Das Gleiche könnte man übrigens auch mit dem Kunststoffmüll machen. Wenn man den nicht verbrennt, sondern sorgsam verpackt unter der Erdoberfläche vergräbt oder in Bergwerkschächte einlagert, dann wird kein CO_2 freigesetzt.

Man kann Kunststoffverpackungen auch aus pflanzlichen Rohstoffen herstellen und nicht nur aus Erdöl oder Erdgas. Biobasierte Kunststoffe aus Zucker oder Stärke enthalten Kohlenstoff, den die Pflanzen vor kurzer Zeit aus der Atmosphäre entfernt haben. Wenn man diese Verpackungen dann nach ihrer Verwendung nicht verbrennt, sondern im Boden vergräbt, dann hat man eine wirkungsvolle Kohlenstoffsenke geschaffen. Es werden jährlich bald 500 Millionen Tonnen Plastik hergestellt. Das ist jede Menge Kohlenstoff. Man muss auch keine Angst haben, dass sich die Getränkeflasche aus Bioplastik plötzlich auflöst und der Inhalt auf den Boden läuft. Bioplastik bedeutet nicht, biologisch abbaubar. Man kann Bioplastik auch so herstellen, dass es Jahrhunderte stabil bleibt."

„Sagenhaft Michael! Da werden regelmäßig internationale Konferenzen abgehalten, die kaum Fortschritte gegen die globale Plastikverschmutzung bringen, und mit so einer simplen Idee, ließe sich das Problem lösen. Wenn man den Leuten Plastikmüll für gutes Geld abkauft, dann sammeln die doch alles ein, was an Plastik oder kohlenstoffhaltigem Müll in der Gegend rumliegt. Die Entsorger verdienen viel Geld mit CO2 Zertifikaten, die sie dafür erhalten.

Wieso muss dann Holz bis zur Antarktis geschifft werden, wenn man das auch hier in der Wüste vergraben könnte? Das würde hier im Boden doch auch nicht verrotten."

„Die Frage ist gut. Im Prinzip hast du recht. In der Antarktis wäre es allerdings sicherer. Hier in der Wüste könnte es vielleicht geklaut und als Brennholz verkauft werden. Die haben hier recht kühle Winter. Ich denke, man braucht mehrere Orte, wo Holz dauerhaft gelagert werden kann. Schon zur Risikostreuung, falls irgendwo was schief läuft."

„Verstehe. Ich freue mich schon darauf, wieder in wärmere Gefilde zu kommen. Lange kann es doch nicht mehr dauern." „Nein, wir sind bald in Peru und wenig später in Ecuador, in der Nähe der Galapagosinseln. Die Stadt Quito liegt nur einen Katzensprung vom Äquator entfernt.

Vermutlich hat der Äquator auch seinen Namen von dem Staat Ecuador, oder Ecuador hat seinen Namen vom Äquator. Wie auch immer. Lass uns frühstücken gehen, mein Kaffeebecher ist leer."

„In Ordnung. Stammt das Wort Quittung auch von der Stadt Quito ab? Das klingt doch auch so ähnlich."

Wir erreichten zwei Tage später Quito, die Hauptstadt von Ecuador. Hier herrscht in Küstennähe tropisches Klima. Unser Kapitän kaufte hier weitere Handelsgüter ein, u.a. Kaffee, Kakao und Baumwolle. Nach einem weiteren Landgang und einer Nacht im Hafen, ging es dann weiter, in den Golf von Panama. Ich war mal wieder an Deck, als unser Kapitän zu mir kam und mich ansprach. „Hallo Michael! Alles klar bei dir und genießt du die Aussicht?"

„Hallo Kapitän! Ja, und ich genieße auch das warme Klima. Was machen denn die ganzen Schiffe hier vor Anker? Trauen die sich nicht weiter in den Kanal?"

„Die müssen warten, bis sie an der Reihe sind, genauso wie wir. Da sind ganz schön große Pötte dabei, Containerschiffe und Tanker und auch ein paar Kreuzfahrtschiffe. Die Warteschlange ist schon seit einigen Monaten größer als sonst. Das liegt daran, dass wegen zu geringer Niederschläge, vielleicht in Folge des Klimawandels, nicht mehr genug Wasser in den Gatúnsee fließt. Für das Schleusen und das Anheben der Schiffe auf das Niveau des Kanals, wird Wasser aus dem Kanal in die Schleusen abgelassen. Dieses Wasser wird später ins Meer geleitet und so geht jede Menge Wasser aus dem Kanal bei jeder Schleusung verloren."

„Man könnte doch Meerwasser in die Schleusen pumpen. Aber das ist wahrscheinlich zu teuer, wegen der Energiekosten." „Vermutlich. Vielleicht könnte man beim Ablassen des Wassers in die Schleusen eine Turbine antreiben und so Strom erzeugen, den man dann wieder für die Pumpen nutzen könnte. Es kann aber auch sein, dass sie kein Salzwasser im Kanal haben wollen. Ich muss wieder auf die Brücke. Bis später!" „Bis später!"

Am nächsten Tag kamen wir an die Reihe, durchquerten nach dem Schleusen den Kanal, fuhren über den riesigen Gatúnsee, der hier für den Kanalbau angestaut wurde und den Urwald unter sich begrub, und am anderen Ende des Kanals wiederholte sich die Prozedur des Schleusens, glücklicherweise nach nur kurzer Wartezeit.

Karibik und Golfstrom

Wir waren jetzt in der Karibischen See. Die Karibische Strömung, ausgelöst durch den Äquatorialstrom, zwang uns nach links. Wir segelten an den Küsten von Costa Rica, Nicaragua, Honduras und Belize vorbei, durch die Straße von Yucatán in den Golf von Mexico und dann weiter nach Key West, wo wir am 24. Dezember morgens im Yachthafen anlegten. Bis auf Hauke, Knut, Karl-Heinz und Ingrid, die Key West schon kannten, gingen alle an Land, um dort den Tag zu verbringen.

Wir machten ein Gruppenfoto am Southernmost Point, mit der bekannten bemalten Boje im Hintergrund. Auf der ist auch die Entfernung nach Kuba angegeben, nämlich neunzig Meilen. Für das Foto waren auch der Kapitän und die anderen kurz von Bord gekommen.

Wir teilten uns in zwei Gruppen auf. Ich ging mit Leonhard, Katja, Martin, Monika und Susanne auf Besichtigungstour.

Zuerst bestiegen wir den Leuchtturm, verschafften uns so einen Überblick über die angrenzenden Straßen und genossen die grandiose Aussicht. Anschließend besuchten wir die Villa von Ernest Hemingway. In einem Café machten wir eine Pause, tranken Kaffee und aßen einen leckeren Zitronenkuchen.

Auf der Duval Street herrschte ein reges Treiben. Wir tranken einen Cocktail in Sloppy Joe´s Bar und flanierten dann die Straße mit ihren vielen Bars und Läden entlang.

Gegen Abend gingen wir zum Mallory square, um die Stimmung der allabendlichen Sonnenuntergangsfeier in uns aufzunehmen. Den Sonnenuntergang wollten wir uns dann allerdings wieder an Bord der Aurora anschauen.

Unsere Ausflugsgruppe stand zusammen an Deck, mit einem Getränk in der Hand, und wartete auf das Naturschauspiel, das hier jeden Abend geboten wurde, falls es nicht doch mal bewölkt war. Trudi leistete uns auch Gesellschaft.

„Na, wie war euer Tag?“

„Ich fand es sehr schön, Trudi. Ich kannte Key West bisher nur aus dem Fernsehen und bin vom persönlichen Eindruck überwältigt. Hier würde ich gern mal länger bleiben, aber für einen ersten Eindruck war das schon mal sehr gut heute“, antwortete ich ihr.

„Ich war mit Manfred, Peter, Claudia und Klaus unterwegs und wir hatten auch einen schönen Tag. Wir haben nach einer kurzen Besichtigungstour stundenlang mit ein paar Drinks am Strand gelegen und entspannt. Das war herrlich.

Irgendwie sind wir dann auch auf ernstere Themen gekommen, wie den heftiger werdenden Hurrikanen und den steigenden Meeresspiegel.

Die Straßen in Miami werden schon regelmäßig überflutet, auch ohne Stürme, und sie werden deshalb höher gelegt. Viele Leute, die ihr Haus durch die Wirbelstürme verloren haben, bauen es nicht mehr auf, sondern ziehen hier weg. Vielleicht gibt es Florida in ein paar Jahrzehnten nicht mehr, bzw. es liegt dann ein paar Meter unter Wasser.“

„Gut möglich, Trudi. Aber wir arbeiten ja tatkräftig daran, dass es nicht so weit kommt. Ich habe mal den Film von Al Gore gesehen, `eine unbequeme Wahrheit´. Absolut sehenswert. In der Fortsetzung, `immer noch eine unbequeme Wahrheit´, geht Al Gore in Gummistiefeln durch die überfluteten Straßen von Miami Beach und spricht mit dem dortigen Bürgermeister und einigen anderen Leuten. Es geht darum, dass die Pumpen das ganze Wasser nicht von den Straßen bekommen und Al Gore sagt, `den Ozean auszupumpen, dürfte schwierig werden´. Da wollte ich ihm zurufen, aber man könnte überall auf der Welt große, tiefe künstliche Seen und Binnenmeere ausheben, vorzugsweise in Wüsten, und diese mit Flusswasser oder Meerwasser füllen. Das würde den Meeresspiegel absenken. Die Bevölkerung könnte von solchen Binnenmeeren enorm profitieren, weil man dort Fische fangen, Trinkwasser und Wasser für die Bewässerung von Pflanzen durch Meerwasserentsalzungsanlagen gewinnen könnten, wenn es sich um Salzwasser handelt und nicht um Süßwasser durch Flüsse. Man stelle sich ein riesiges Binnenmeer in der Mitte von Australien vor, mit Verbindung zum Ozean. Das würde doch durch die Verdunstung das Klima im Binnenland verändern, erträglicher machen und die Vegetation fördern.“

„Ich denke, wir sollten alle Energie und Finanzen darauf verwenden, den CO2 Anstieg zu bremsen und CO2 wieder aus der Atmosphäre herauszuholen. Dann lösen sich alle anderen Probleme von selbst. Übrigens hat Klaus heute seiner Verlobten einen Heiratsantrag gemacht. Die Trauung soll mein Vater in den nächsten Tagen an Bord vornehmen. Wir machen dann eine kleine Party, mit Torte, Tanzen und Sekt“, erzählte Trudi. „Das ist ja eine tolle Überraschung. Ich freue mich für die beiden. Das wird bestimmt ein riesiger Spaß, so eine Hochzeit an Bord", schwärmte Monika.

Wir sahen uns noch den Sonnenuntergang an und anschließend gab es an Bord eine Weihnachtsfeier mit leckerem Gänsebraten, Klößen, Rotkohl und köstlichem Wein. Dazu Weihnachtsmusik von George Michael, Mariah Carey, Taylor Swift, Rod Stewart, Bing Crosby und ja...Heino. Hauke und Trudi verteilten kleine Weihnachtspräsente an alle. Gegen Mitternacht gingen wir dann schlafen.

Am frühen Morgen setzten wir wieder die Segel. Wir fuhren zwischen Kuba und Florida hindurch in die Floridastraße und von dort mit dem Golfstrom Richtung Norden. Am übernächsten Tag fand auf dem Meer die Trauung statt und es flossen ein paar Tränen der Rührung bei den Frauen, aber auch Jubelschreie nach dem Kuss am Ende der Zeremonie. Den Brautstrauß, den Trudi in Key West besorgt hatte, fing Monika auf.

Nach dem Essen wurde bis zum späten Abend getanzt und getrunken. Wir waren alle zufrieden und freuten uns mit den Brautpaar. Ich freute mich besonders, denn Trudi wollte die Hochzeitsnacht mal wieder mit mir verbringen. Schließlich sollten die Eheleute nicht den ganzen Spaß allein haben.

Neufundland und Grönland

Wir kamen schnell voran und hatten bald die Küste der USA hinter uns gelassen. In Neufundland machten wir wieder Halt. Unser Kapitän hatte die Idee, hier einige Stämme Holz zu kaufen und nach Grönland zu bringen. Holz für die Eisbären sozusagen. Er kaufte zwanzig Kubikmeter Nadelholz ein, um es langfristig irgendwo auf Grönland zu lagern und so für jeden an Bord, belegt durch von ihm selbst entworfene Urkunden und seine Unterschrift, einen kleinen Ausgleich für seine Treibhausgasemissionen zu leisten. Monika sprach unseren Kapitän darauf an.

„Vielen Dank, dass du das für uns machst. Aber wäre es nicht eigentlich besser, die Bäume im Wald stehen zu lassen. Da binden sie doch auch Kohlenstoff und produzieren sogar noch Sauerstoff. Außerdem sehen sie schön aus und man kann zwischen ihnen angenehm spazieren gehen."

„Da hast du natürlich im Prinzip recht, aber ein alter Wald speichert nur begrenzt Kohlenstoff. Wenn die Bäume sterben und verrotten, dann wird der Kohlenstoff in ihnen ja wieder zu CO_2. Wenn die Bäume abgesägt werden, bevor sie sterben, dann kann man das Holz retten und langfristig vor dem Verfall bewahren. Außerdem entstehen so Lücken im Wald, in denen neue Bäume nachwachsen können."

„Wird das Holz nicht dringender woanders gebraucht, wie im Wohnungsbau und für Möbel? Eigentlich ist das doch Verschwendung, das Holz irgendwo abzulegen und wie viele Bäume braucht man denn, damit man sein Leben lang klimaneutral wäre?"

„Wenn ein Kubikmeter Holz im Durchschnitt dreihundert Kilogramm Kohlenstoff enthält und damit etwa eine Tonne Kohlendioxyd kompensiert, dann brauchst du, wenn man die durchschnittlichen pro Kopf Emissionen in Deutschland nimmt, etwa zehn Kubikmeter Holz pro Jahr. Dreihundert Kilo Kohlenstoff mal 3,67 ergibt 1100 Kilo Kohlendioxyd. Bei Fichtenholz, das leichter ist und weniger Kohlenstoff enthält, brauchst man dann etwas mehr als einen Kubikmeter, um eine Tonne Kohlendioxyd auszugleichen, bei Buche etwas weniger. Wenn du achtzig Jahre alt wirst, dann benötigst du achthundert Baumstämme mit jeweils einem Kubikmeter Volumen, die du dauerhaft lagern musst, um ein klimaneutrales Leben zu führen. Ein Mensch in Indien braucht vermutlich nur zwei Bäume pro Jahr."

„Vielleicht sollte ich mir später mit meinem zukünftigen Mann eine Blockhaus Villa aus achthundert Baumstämmen pro Familienmitglied bauen. Dann hätten wir unseren Beitrag fürs Klima geleistet und den für unsere Kinder gleich mit." „Wenn ihr damit keine Villa baut, sondern eine große Windmühle, dann könntet ihr auch darin wohnen und sogar noch Strom erzeugen."

„Unsere Nachbarn würden sich bedanken, wenn wir ihnen so ein Ding vor die Nase setzten. Ich würde mir am liebsten ein eigenes Hotel damit bauen, ein Blockhaus Hotel. Ich könnte damit werben, dass ein Teil des Gewinns durch unsere Gäste, in die Erweiterung des Gebäudes fließt und sie durch ihre Übernachtungen etwas Gutes fürs Klima tun."

„Eine Super Idee. Ich wünsche dir, dass es klappt. Wenn ich darüber nachdenke, wie verschwenderisch die Gesellschaft mit Holz umgeht, könnte ich mir die Haare raufen. Da wird Holz zum heizen verbrannt oder als Toilettenpapier in die Kanalisation gespült, anstatt es langfristig aufzubewahren. Die Römer hatten früher auch kein Toilettenpapier. Da waren die Latrinen über einem Fluss und unter den Toiletten hing ein Schwamm an einem Seil in der Strömung, den man zum Hintern reinigen verwendete. Das bringt mich auf eine Idee für die Toiletten auf unserem Schiff."

„Wenn es sein muss. Dann aber bitte mit einem eigenen Schwamm für jeden."

„Es stimmt schon, dass wir Menschen zu viel Holz verbrauchen und zu viele ehemalige Wälder als Ackerflächen oder Viehweiden nutzen, bzw. für Siedlungen roden. Die fortschreitende Abholzung und insbesondere die Vernichtung von Urwäldern und Regenwäldern weltweit ist erschreckend und hat katastrophale Auswirkungen auf die Natur und das Klima. Die Idee mit der Holzlagerung am Südpol ist eigentlich nur zu verantworten, wenn das Holz aus nachhaltiger Forstwirtschaft stammt oder von extra angelegten Holzplantagen. Vielleicht müsste man auch keine Bäume für eine Kohlenstoffsenke in der Antarktis absägen, sondern man könnte einfach einen großen Teil des abgeworfenen Laubes und der abgefallenen Nadeln der Bäume, sowie deren Samen und auch abgestorbene Äste oder Baumschnitt verwenden. Man könnte diese Biomasse einsammeln, trocknen und in große Baumwollsäcke stecken. Dann würde man sie mit großen Luftschiffen zum Südpol bringen und dort abwerfen. Die Luftschiffe könnten billigen Wasserstoff als Traggas verwenden, da ja keine Passagiere befördert werden, die durch den leicht entzündlichen Wasserstoff gefährdet wären. Außerdem könnte man die Luftschiffe fernsteuern und brauchte so gar kein Personal an Bord. Die Luftschiffe könnten zudem mit Solarzellen beklebt und so klimaneutal mit Elektromotoren betrieben werden. Die Finanzierung erfolgt dann auch über CO2 Zertifikate. Den Wäldern werden so leider wichtige Nährstoffe entzogen, aber es gibt eine natürliche Düngung durch Winderosion, die das zumindest teilweise wieder ausgleicht."

Nachdem wir in Neufundland abgelegt hatten, ging es weiter mit dem Golfstrom und dem Labrador-Strom bis nach Nuuk, der Hauptstadt von Grönland. Grönland gehört noch zum Königreich Dänemark, ist aber nicht mehr in der EU und verwaltet sich selbst. Man braucht als Europäer also eine Aufenthaltsgenehmigung, wenn man dort wohnen und arbeiten will. Wir machten im Hafen von Nuuk fest. Die eine Hälfte der Mannschaft bekam Landgang für drei Stunden. Dann war die andere Hälfte dran. Ich ging mit Hauke und Trudi ins Rathaus der Stadt. Wir bekamen einen Termin, beim zuständigen Umweltschutzbeauftragten. Nach einer Stunde Wartezeit durften wir in sein Büro.

„Schönen guten Tag! Was führt sie zu mir?"

„Vielen Dank, dass Sie uns empfangen. Wieso sprechen Sie so gut deutsch?"

„Ich habe in Deutschland studiert und anschließend dort ein paar Jahre als Chemiker gearbeitet. Dann hat es mich zurück in die eisige Stille gezogen."

„Wir haben eine Bitte. Wir haben ein paar Baumstämme aus Neufundland mitgebracht und würden sie gern auf Grönland zurücklassen, und zwar so, dass sie dauerhaft erhalten bleiben, quasi als oberirdische Kohlenstoffsenke. Denken Sie, dass das möglich ist?"

„Natürlich! Haben sie denn eine bestimmte Idee? Sonst können sie es ja einfach als Baumaterial für ein Haus oder ähnliches verschenken oder verkaufen. Dann haben sie keine Arbeit damit."

„Wir drehen einen Dokumentarfilm über unsere Reise mit meinem Segelschiff und würden daher gern etwas Interessanteres mit dem Holz anstellen. Denken Sie, es wäre möglich, das Holz weit hinaus auf das Inlandeis zu bringen und dort abzulegen? Da könnte es dann einschneien und wäre lange Zeit quasi sicher auf Eis gelegt."

„Ein ungewöhnliches Ansinnen. Dann müssten sie natürlich für den Transport aufkommen. Wenn es sich um reines, unbehandeltes Holz handelt, hätte ich persönlich keine Einwände. Ich denke, ich kann das auch ohne Rücksprache mit dem Bürgermeister erlauben. Wissen Sie, die Gletscher auf Grönland schmelzen immer schneller und wir sind quasi für einen jährlichen Anstieg des Meeresspiegels von einem Millimeter verantwortlich. Das klingt nicht viel, aber in hundert Jahren kommen da schon zehn Zentimeter zusammen, oder auch viel mehr, wenn das Schmelzen zunimmt. Wenn alles Eis hier verschwindet, dann steigt der Meeresspiegel um sieben Meter. Wir selbst sind davon kaum negativ betroffen. Im Gegenteil. Je mehr Eis hier abschmilzt, desto mehr Platz haben wir für das Wohnen und die Landwirtschaft. Und über ein wärmeres Klima freuen wir uns auch. Außerdem hebt sich ganz Grönland an, weil das Gewicht des Inlandeises abnimmt und unser Land wie ein Korken nach oben treibt. Für uns steigt der Meeresspiegel im Moment also nicht, sondern er sinkt. Ich glaube, einige Dänen sehen Grönland insgeheim als ein großes Rettungsboot, falls ihr Land wegen des Klimawandels und des steigenden Meeresspiegels absäuft. Dänemark hat ja nun mal keine Hochebene oder Berge. Und wenn sich der Klimawandel verstärkt, wollen wahrscheinlich nicht nur die Dänen bei uns Unterschlupf suchen, sondern es könnten viele Millionen Klimaflüchtlinge auf die Idee kommen, notfalls auch ohne unsere Zustimmung, hier Fuß zu fassen. Eine unschöne Vorstellung. Es gibt aber auch die Theorie, dass Grönlands Schmelzwasser das salzige Meerwasser vor der Küste verdünnt und leichter macht, sodass es nicht mehr in die Tiefe absinkt und somit der Golfstrom stoppt oder zumindest schwächer wird, was ja auch tatsächlich schon deutlich nachweisbar ist. Dann könnte es in Europa und auch hier deutlich kälter werden. Vielleicht findet der Temperaturausgleich zwischen dem warmen Süden und dem kühlen Norden dann auch nicht mehr über die Meeresströmung statt, sondern durch den Wind. Es könnte also noch stürmischer werden. Also, ich wünsche ihnen viel Erfolg bei der Aktion. Denken sie daran, dass sie hier nur kurze Zeit Tageslicht haben. Streicheln sie keine Eisbären und nehmen sie ein Gewehr mit! Die sind nämlich keine Vegetarier…Ha,Ha!"

„Unser Matrose Knut ist Hobbyjäger und ein guter Schütze. Der wird das Gewehr bekommen."

„Matrose Knut? Der frühere König von Dänemark, Knut

der Vierte, ist der Schutzheilige von Dänemark. Darauf müssen wir jetzt aber einen ordentlichen Schnaps zusammen trinken. Scål!"

Nach dieser erfrischenden und unterhaltsamen Begegnung mit dem sympathischen Beamten, machten wir uns auf die Suche nach einer Transportmöglichkeit. Ein ansässiges Touristik Unternehmen bot uns an, das Holz mit einem Fahrzeug, mit dem normalerweise Touristen befördert werden, und einem Anhänger bis zum Inlandeis zu bringen. Von dort könnte man die Baumstämme, wenn man sie in kleinere Stücke zersägt, mit Schneemobilen und Schlitten auf das Eis ziehen. Die Schneemobile könnte man auch organisieren und bis an die Eiskante bringen. Bei diesem verlockenden Angebot konnten wir nicht nein sagen und so schafften wir das Holz mit vier Schneemobilen auf Schlitten, die wir an die Schneemobile hängten, etwa fünfzig Kilometer weit auf das Eis hinaus. Selbst wenn das Eis in ein paar Jahren abschmelzen und die Stämme auf dem felsigen Untergrund landen sollten, würden sie bei dem Klima hier nicht so schnell verrotten. Nach einer Woche auf Grönland legten wir wieder ab und segelten Kurs Bremerhaven. Die Mannschaft war guter Dinge und freute sich, bald wieder zu Hause zu sein. Martin war besonders guter Stimmung, weil Monika auf sein hartnäckiges Werben eingegangen war und eine Beziehung zumindest in Aussicht gestellt hatte. Martin und ich feierten das und ich spendierte dafür zwei Flaschen Wein, die ich in Chile gekauft hatte. Der Wein war uns ganz schön zu Kopf gestiegen und Martin verabschiedete sich in seine Koje. „Gute Nacht und schlafe schön, Michael. Bei dem Seegang heute, dürfte das aber wohl nicht garantiert sein. Wir sehen uns." „Ich wünsche dir auch eine gute Nacht. Bis zum Frühstück, Martin!"

Es war in der Tat sehr stürmisch geworden. Ich wollte trotzdem noch mal an Deck gehen, um eine Zigarre zu rauchen und ein kurzes Video von unserem Schiff im Sturm machen. Das würde bestimmt tolle Bilder geben. Ich zog meine dicke Regenjacke an und ging an Deck. Außer mir war hier niemand zu sehen. Die meisten lagen wohl schon in ihren Kojen. Hauke, Ingrid, Knut und Trudi wechselten sich auf der Brücke ab. Schließlich musste immer jemand das Schiff steuern und überwachen, auch wenn vieles automatisch funktionierte. Ich ging zum Heck des Schiffes und setze mich auf eine fest verankerte Kiste, die Taue und anderes Zubehör enthielt. Von hier hatte ich einen grandiosen Blick auf das ganze Schiff. Ich rauchte meine Zigarre und schütze sie so gut es ging vor dem Wind und dem Regen. Der Nord-Atlantik ist bekannt für sein raues Wetter. Die Golfstrom-Trift trieb uns zusammen mit dem Wind zu einem sagenhaften Tempo an. Ein Tiefdruckgebiet vor den Küsten von Grönland und Island war der Grund für diesen Sturm und nicht ungewöhnlich für diese Gegend. Die Aurora war sehr stabil gebaut, beinahe schon ein Eisbrecher, und die raue See konnte ihr nichts anhaben. Das Schiff tauchte in die Wellentäler und wurde von den Wellenbergen wieder nach oben gehoben. Es war ein toller Ritt, fast wie auf einem Rodeo Pferd und ich genoss diese Naturgewalt, die uns wie auf einer Berg- und Talfahrt durchs Wasser schob. Wieder neigte sich das Schiff nach vorn und fuhr in ein Wellental, aber diesmal seltsamerweise viel weiter nach unten als sonst. Plötzlich sah ich eine senkrechte Wasserwand direkt vor dem Schiff, bestimmt zwanzig oder fünfundzwanzig Meter hoch. Ich war erstarrt vor Angst und konnte es nicht glauben. Das konnte doch nicht real sein. Die Wasserwand brach sich am Bug des Schiffes und Unmengen von Meerwasser ergossen sich über das Schiff und kamen auf mich zu. Ich war zu überrascht, um mich auf den Boden zu werfen, und starrte nur ungläubig auf das Geschehen. Die Wassermassen trafen mich wie eine Faust und spülten mich von Deck, direkt in das eisige Wasser des Atlantiks. Ich wurde kurz ohnmächtig, aber die Kälte ließ mich schnell wieder zu Bewusstsein kommen. Ich sah, wie die Lichter der Aurora schnell Abstand gewannen. Das Schiff verschwand durch das auf und ab der Wellen immer wieder aus meinem Blickfeld. Es war dunkel und die Kälte drang auf meine Haut. Ich schwamm in Richtung der immer kleiner werdenden Aurora. Obwohl es unsinnig war, rief ich mehrmals um Hilfe. Niemand hörte mich. Keine Panik! Vermutlich ist mein Verschwinden bereits bemerkt worden und bald würde das Schiff wenden und mich abholen. Mir fiel ein, dass ich vergessen hatte, meine Schwimmweste anzulegen. Somit gab es auch keinen automatischen Alarm und kein Ortungssignal. Meine Freunde lagen wohl in ihren warmen Betten und schliefen. Trudi und Hauke waren bei dem Sturm gemeinsam auf der Brücke und so konnte Trudi auch nicht an meine Kajüte klopfen und meine Abwesenheit eventuell bemerken. Ich spürte meine Beine nicht mehr und wurde sehr müde. „Ich muss mich nur etwas ausruhen, um wieder zu Kräften zu kommen, dann schwimme ich weiter. Aber erst mal einen Augenblick schlafen."